『ジジイの昭和絵日記』

『ジジイの昭和絵日記』

はじめに

一九四四（昭和十九）年、終戦の前年に生まれた私は、戦後と共に生きてきた。この本は、戦後の昭和、平成に入るまでの記憶をたどったものである。

地震・台風と日本列島はたびたび災害に見舞われてきた。さらに東日本大震災に原子力発電所の未曾有の事故、そして各地にある米軍基地と今も片付かない問題を抱えている。しかしこの八十年間近隣諸国との戦争が起こらなかったことが、何よりであった。

「平和」の尊さが一番大切である。

思い出を引っ張り出していくと、私にとって時代の流れをもっとも強く感じるのは、物価の変動かもしれない。一九五六（昭和三十一）年の小学六年生の夏に高校生になった兄に連れられて奥多摩の山小屋に泊まった。小屋代が一泊二食付きで五百円だったのを、兄から教えられた。山から下りながら、高いなあと兄はしきりにこぼしていた。一九六九年まで山小屋に宿泊するときは米を持参しなければならなかった。八〇年代には一泊四千円をいくらか超えていた。現在の山小屋の宿泊代はコロナ禍で打撃を受けやむをえず値上

げをして、平均すると一万五千円前後に落ち着いた。

山を歩くと甘いものに飢える。七十年前はあんみつが五十円、アンパンが十二円くらいだった。

駅前の食堂で食べるトンカツに、思わず手が震える。少年の頃は百五十円だったが、あれから七十年、今でも七百五十円でトンカツ定食を出す店があり驚く。これは不当に安い。物価の上昇に比例すると二千五百円でも文句は言えないはずだ。

ラーメンは当時四十円前後であった。そして現在は千円が壁だという。これも本来なら二千円を超えてもおかしくない。最近、ラーメン屋、カレー店の店じまいが極めて多いのは納得できる。初代の味を守り続けた近所のがんこ親父のトンカツ屋も店じまいした。キャベツが一個四百円、大根、レタスと野菜が高値。一方で年収数十億の大企業役員。給料の格差が広がる。政府が無策なのか、これは。

物価の上がり方に比べて食べ物は値段が上げづらい。それにしてもあんみつが今でも五百円というのは安い。アンパンもくず餅も安い。たい焼きもじっと我慢をしている。

今後は店を継ぐ人も消え、さらに値上げができず静かに閉店の連続となる

だろう。こうなると、庶民の食べ物がどんどん消えていく運命が待っている。

一九九一年のバブル崩壊以降日本の経済は低迷状態が長く続き、給料が三十年間足踏みをしている。トンカツも、カレーも、あんみつもじっと冬の時代を過ごしている。

私には日本の経済がこれほど停滞している理由が、いくら学者の意見を聞いても、良くわからない。政府が悪いのか、大企業がお金を貯め過ぎているのか、あるいは個人が貯蓄に走り過ぎているのか、等々。わからないことだらけだ。

戦後のものの値段の動向や、その頃流行した歌謡曲を聞いていると、過ぎ去った記憶が鮮明に蘇ってくる。最近は腕組みをしながら「温故知新」に浸っている。

もくじ

2章　満洲

装丁　南伸坊

一章　名古屋・東京・千葉

二度の大地震

「あんたがね、生まれた時は、大きな地震が二度もあって大変だった」

私の誕生日が来る十二月になると、母親は口癖のように同じ話を繰り返していた。

私は一九四四（昭十九）年の十二月十八日に愛知県名古屋市昭和区鶴舞で生まれた。

なぜ細かい日にちまで記載したかというとそれには大きな理由がある。

その十一日前に紀伊半島から浜名湖周辺まで巨大地震が起きた。昭和東南海地震と呼ばれたが、当初は遠州沖大地震とも呼ばれていた。マグニチュード7・9を記録し、死者は一一八三人にのぼった。

当時は太平洋戦争中であり、東海地域に軍事工場が多く、壊滅的な打撃を受けた。それを敵国に隠蔽《いんぺい》するために、昭和東南海地震という名前にすり替えた。

さらに大きな余震として、翌一九四五年一月十三日の午前三時三十八分に、再び愛知県を中心に最大震度7の内陸直下型地震（三河地震）が襲い、あたりの町を粉々に破壊した。母は生まれて間もない私を抱え、裏にあった竹藪に必死に避難した。父は用意周到なところがあり、食料、水、ヘルメット、大工道具を揃えていた。これだけの大地震の後は余震が続くことを父は予知していた。保存用の乾パンを口に寒々とした朝を親子六人で迎えた。

このときの地震も、国民の戦意を低下させないよう軍事工場の被害の情報流出を防ぐために、政府当局によって報道管制が厳しく敷かれた。ただし、地元の中部日本新聞（現中日新聞）は比較的正確な被害の報道を行った。

被害にあった近隣地域には正確な地震被害の報道が伝わらず、どこの救護団も行動を起こすことがなかった。なおかつ余裕がないのか政府行政による組織的な救援活動もなされなかった。小規模な救助や復旧活動は、明治航空基地や海軍基地などの軍関係者が動いた。

三河地震は前の東南海地震より多くの死者が記録され、死者二三〇六人、行方不明者一一二六人、負傷者三八六六人となり、当時の帝国議会秘密会の速記録集には死者二六五二人に達すると記されていた。

私の家族には死者や怪我人が出なかったのがなによりの幸いであった。そ

の時両親は働き盛りの三十三歳であった。

「夜になると怖い。竹藪がいちばん安全だった」

一日に何度も余震が発生するので、母は家がいつ倒壊するのかと怯えていた。

「お乳は毎日震え上がって止まっていた。生まれたばかりの赤ん坊のあんたには米の研ぎ汁を温めてサジで飲ませていた」

その当時両親は洋裁学校を営んでおり、学校には生徒が五十名ほど入れる教室があった。しばらくは余震が発生して屋内に戻ることができなかったという。

その一ヶ月前に発生した、昭和東南海地震で壊れた多くの家の修理はされていなかった。構造上の大事な木材を接合する柄から外れ、建物が不安定の状態になったままだったため、この地震で全壊したり半壊した家が多かった。父は大工仕事が得意だったので、材木をうまく組み合わせ家の補修をしていた。そのおかげで自宅と学校は無傷だった。

大地震だけではなく、一九四五（昭和二十）年という年は日本がもっとも大きく変貌した年である。

三月十日　東京大空襲、死傷者十数万人
三月十四日　大阪空襲、十三万戸焼失
四月一日　米軍、沖縄本島に上陸
五月八日　ドイツ無条件降伏
六月二十三日　沖縄の守備隊全滅、戦死者九万人、民間人九万人が死亡
六月三十日　秋田花岡鉱山で強制労働の中国人八百五十人が蜂起。一部の人々が虐殺される（花岡鉱山事件）
七月十七日　米・英・ソの首脳、ポツダムで会談
七月二十六日　「ポツダム宣言」発表
八月六日　広島に原子爆弾投下される
八月九日　長崎に原子爆弾投下される
八月十五日　天皇、ポツダム宣言受諾の放送（玉音放送）
九月二十七日　天皇、マッカーサーを訪問
十月二十四日　国際連合発足
十一月一日　餓死対策国民大会開催
十二月九日　ＧＨＱ、農地解放を指令

一九四五年八月十四日、日本は無条件降伏を促すポツダム宣言の受諾が決定され、翌十五日の玉音放送によって日本国民は敗戦を知る。日本の同盟国であったドイツとイタリアはすでに降伏しており、日本の降伏により第二次世界大戦が終結した。日本はアメリカ、イギリスなどの連合国に屈服し服従するしかなかった。

日本の統治は連合国に委ねられ、戦後の日本に最も強い影響を持ち続けることになったのがアメリカである。こうして日本は戦後の第一歩を踏み出した。

そんな大事な年のことを中学生の頃に両親に訊いても、曖昧にしか言わなかった。地震についてはあれだけ話してくれたのに玉音放送については、

「ああそうか。日本は戦争に負けたんだと冷めていた」

と言う。両親は仕事のことばかり考えていて、政治の動向にはあまり興味がなかったのかもしれない。洋裁学校の経営で休む間もなく時間がとられ、てんてこ舞いになっていた時期である。

それにしてもいくら母が才女であったと聞いてはいても、二十代の終わりに広い洋裁教室をもつ学校や自宅が容易に持てたとは思えなかった。

母の実家は筑豊の炭鉱の大金持ちの家だった。母は父と結婚したとき、壺

いっぱいにお金を入れて、福岡から名古屋に新天地を求めてやってきたという。そういえば幼い頃の記憶に、ガラスケースに入った博多人形が実家にあったことを思い出す。

私の世代は、両親の世代について意外なことにみんなあきれるほど知らない。なぜだか聞かされていないし、知ろうともしない。中には自分の父親がどこで生まれたのかも知らない人もいたりする。

「たしか満洲で生まれた」

「満洲のどこで生まれたの？　手がかりはないの？」

と訊ねても、

「ハルピンだとちらりと聞いた。なにしろ親父は戦争中の話になるとぴたりと口を閉じてしまい、話をはぐらかしてしまうんだ。ちゃんと聞いておけば良かった」

と友人は苦笑していた。

私の両親にしてもさっぱり分からないことだらけである。

父は今の山口県防府市に明治の終わり、一九一一（明治四十四）年に生まれた。父が五歳の時に父の母親は山口県の移民団の若者とブラジルへ渡ってしまった。父の父親、つまり私の祖父は生活がうまくいかなかったのだろう。

幼い子を残して海外で、若くして亡くなったという。

なにかの時に父は「わしは捨てられたのだ」とさびしそうな顔で言ったことがあった。親戚の家に預けられ、たいそう苦労をしたのだ。もしかしたら屈折した性格はそのころからだろう。父の地味で内向的な性格は、亡くなるまで変わることはなかった。

私が高校生のころに学校の図書室で一度百科辞典を開き、ブラジル移民について調べた。あるとき父に、

「一九一四年にパナマ運河が開通したから便利になって、お祖母ちゃんはブラジルに行ったのかな」

となにげなく言ってみた。父はしばらく沈黙していたが、

「母親の記憶はまったくなく、その後連絡もない」

と答えた。父の防府市の親類の話題に触れると、これも黙ってしまう。福岡の学生時代に母と知り合ったことを訊くとボソボソ話をしだすのだった。

防府から福岡にどうやって来たのかわからないが、おそらく父は必死になって勉強をし、福岡の学校に受かった。防府から逃げるように福岡に来たときは、初めて安堵の気持ちになったのだろう。

父と母は同学年でテニス仲間であった。二人の馴れ初めについて父は笑っ

てごまかしていたが、父が母に惚れていたことはまちがいない。

母は体を動かすことが好きな活発な少女であった。「澄子」という名だったので、「クロスミ」と呼ばれていた。テニスで日焼けして顔が黒くなっていたからだ。

高等学校を卒業した母は博多の洋裁教室に入った。将来は洋裁で食べていこうと決めていた。

父は江田島の海軍兵学校に入学し将校養成機関の軍事訓練を三年ほど受けていた。

その頃に母の姉が亡くなり、その子どもの面倒をしばらく見ることになった。母はどこに行くにも姉の子を連れていた。そのために周りの人間には、実の子どもだと思われていた。そういった理由からか母は婚期を逃していた。

父と母がどこで再会して結婚をし、名古屋に新居を構えたのかはすでに父も母も亡くなったいまでは知るよしもない。私の二人いた兄も十年ほど前に鬼籍に入り、両親のことを聞くチャンスを逃してしまった。

私が生まれた時は二度にわたる大地震が起こったが、幼いころから病気にかかることもなくこうして八十歳になっても元気に働いてこれた。両親のおかげであり、感謝しなくてはならない。

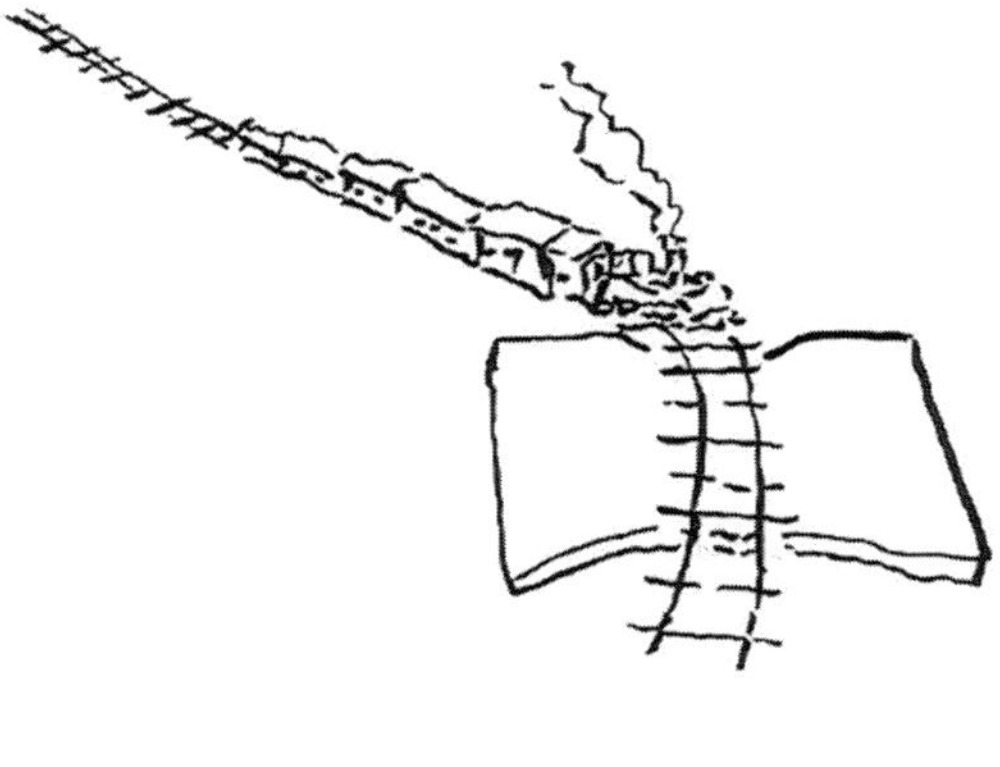

サマータイム

両親が名古屋で立ち上げた「服装文化協会」という洋裁学校は出版でも成功を収めた。

洋服の型紙が多く誌面に載せられた本は、初めて針やハサミを持つ女性でも手作りの服が可能であった。「紳士服」「婦人服」「子ども服」として出版された四冊の洋裁の本はどれも増刷された。

名古屋の中心地にある百貨店では、書店や洋服売場に母の本はうずたかく積まれ、本の取次の日販（日本出版販売株式会社）から毎日のように昭和区の鶴舞公園の近くの教室までオート三輪で集品に来ていた。

新聞広告を掲載すると、瞬く間に現金の入った封筒が教室の机の上に、山のように積まれた。

両親が東京へと事業を展開するのを決断したのは出版であった。名古屋にいてはそれ以上の発展は望めそうもなかったからだ。さらに名古屋の百貨店

の後押しも大きな要素であった。日本橋三越本店への紹介もあり、両親は満を持して一九四九（昭和二十四）年に名古屋から東京へと出発した。

父と私は一足早く東京に向かった。五歳になる年であった。兄や姉たちは三学期を修了してから母と一緒に来ることになっていた。

夜汽車で東京に向かうホームは混雑していた。予約した指定の席は父の分しか取れず、私はお菓子が入った一斗缶の上に座って東京まで行った。その日の父は黒い帽子にツイードの背広にコートを羽織り、洋服屋だけにパリッとした服装で決めていた。私は母が編んだ濃い緑色のセーターにコートを着ていた。

指定席の夜行列車の中は特別混乱することもなく静まりかえっていた。私は重い一斗缶を駅のホームまで運んで疲れていた。

窓の外がうっすらと明るくなってきたかと思うと、誰ともなく「富士だ、富士だ」と列車の中は興奮したようにざわめきだした。真っ白な雪をかぶった富士が、幼い子ども心にも堂々と誇らしげに見えた。列車の中の客はみな夢を持って東京に向かっていく。

「富士は良い、富士に救われる」

と、父は富士山に感謝をするように帽子を取り、両手を合わせ頭を下げた。

三島を過ぎると、富士山に起こされたかのごとく早くも下車の用意をする客もいた。

父は、私が座っていた一斗缶からお菓子を取り出し、周りの人に「どうぞ」と小さなモナカやおせんべいを配っていた。菜っ葉服を着た人は、「こんなにおいしいモナカは初めてです」と恐縮しながら何度もおじぎをしていた。父は満足そうな顔をして手を横に振って笑っている。父にとっても富士山は新しい門出の神聖な山に見えたのだろう。

兄と一緒に通った小学校は中野区の上高田にある昭和小学校（現白桜《はくおう》小）であった。昭和通り（現早稲田通り）を通って学校に行くこの一帯は「中野の寺町」と言われていた。寺院が軒を並べているのは明治後期から大正時代にかけての区画整理などのために、浅草、牛込、赤坂などの都心からお寺が移転してきたからだった。

寺の庭には大きなイチョウの木があり、晩秋になると学校の帰りに銀杏を拾っていた。

東中野駅の近くにある早稲田行きのバスの発着場所は、バスが出発した後は子どもたちの野球の遊び場になっていた。まだ木炭バスが走っており、バ

スの後ろに薪《まき》を焼《く》べて煙をモクモクさせて運行していた。

ある夕方、バスの排気口を木のバットで塞ぐいたずらをした仲間がいた。煙がバスの中に充満して大変な騒ぎになり、警察官までやってきた。バットを入れた小僧はバスの運転手にこっぴどく叱られ、もしかしたら逮捕されるのではと本人は怯えていたが、泣きながら金輪際いたずらはしないと約束し無事に解放された。

家の近所に豆腐屋があり、食卓には毎日のように油あげのおつゆ、納豆、夜はガンモドキの入った野菜の煮付けが並び、あまり変化のない献立だった。母は贅沢な服を着ていたが、食事は質素なもので、御飯には必ず麦が軽く入っていた。

朝は三日とあけず納豆が食卓に出てきたが、両親と子ども五人、合計七名に対して納豆が二袋では足りなかった。納豆より刻んだ長ネギの量の方が多いくらいであった。ドンブリに入った納豆をスプーンですくう時、子どもたちはじっと相手のスプーンに眼を光らせ監視していた。

私のそのころの夢は、納豆をたくさんご飯に乗せて食べることだった。

姉は中野駅に向かう途中の桃園第二小学校に通っていた。その姉の秋の運

動会についていった時、自由参加の徒競走に私は出て二等賞を取った。景品は、なんと納豆が二袋であった。そっと紙袋を開けてみると藁に入った納豆が二つ入っていた。

姉は年長の六年生だったので、後片付けもあり私一人で帰ることになった。帰宅のあいだ手にした納豆のことが頭から離れることはなかった。姉はおそらく景品の納豆のことなど知らないはずであった。

町角から野原の坂道に下ると、あたりを見回し紙袋から納豆を取り出すと、齧るように納豆の粒を口に入れた。

あれほど思う存分納豆を独り占めしたかったのに、納豆だけで食べても味が良くない。やはり納豆は御飯と食べなくてはいけないとその時悟った。半分ほど口にしたが、釈然としないままに全部口に入れて家に帰り、残りの一袋は夏に使用する木製の冷蔵庫の中に収めた。

その日の夕食はカレーライスであった。何かお祝いのある日はカレーライスがわが家の定番であった。子どもにとってカレーはいつも心と体を満たす料理だった。

「駆けっこで二等賞なんてすごいね。納豆二つもらったんでしょう」

と姉はスプーンを手にみんなに報告をしていた。

「フーン、納豆か」

兄は興味なさそうな声をあげたが、下の妹は、

「明日の朝はその納豆二つね」

と喜んでいた。

「いつもお豆腐屋さんで二つしか買わないから明日は助かるね」

と母も言った。私は我慢できず、

「実は一つもう食べてしまったんだ」

と謝ると、兄は、

「どうやって食べたんだよ」

と追及をしてきた。

「帰り道に直《じか》に食べた」

「リンゴじゃあるまいし、納豆をそのまま食べるやつなんかいるのか」

とあきれた声を出した。

「とにかく腹が減って……」

「お前は生まれた時から腹を空かせていたからな。それでもう一つの納豆はどこにあるんだ」

木の冷蔵庫を指さすと、兄は疑い深いのかわざわざ立って歩いて行き、冷

蔵庫の扉を開けて、
「なるほどね。一つだけあった」
と確認した。

私が小学校に入学する前後の四年間、夏の期間だけサマータイム制（当時はサンマータイムと表記）が実施された。太陽の出ている時間帯を有効に活用するためだ。一九四八年五月から導入され、一九五二年の四月に廃止されるまで、あれこれごたごたと問題にされてきた。

日照時間の長い三月から十一月までを欧米のように時計の針を一時間進めたいと政府は願っていたが、それは日本の風土には合わないので四月から九月までということになった。サマータイムの利点は太陽の出ている時間帯を有効に活用し、電力を節約できるところである。

サマータイムの導入はＧＨＱ（連合国軍最高司令官総司令部）のマッカーサーの指導によるものだった。憲法や六・三制は素直に受け入れた日本だが、世間はサマータイムに反発する者が多数いた。政府や全国の官公庁、学校、進駐軍等は、とにかく実行することが先決だと意気込み、「余りの時間は勉強や休養に充てる」と甘い言葉を使った。政府や官僚は躍起になって推し進

めたが、「時計の針を一時間進めたからどうなるの」と国民の不満ばかりが強まった。

農漁村生活になじまない、資本家のために働かされ、絞られるだけ絞られ、労働時間が長くなりすぎると労働組合は率先して反発した。欧米流の夏時間など、細長い日本の国土では北から南まで季節が違いすぎるため、時季遅れのダイコンのように中が空っぽのサマータイムなど受け入れられるわけがなかった。

一九五〇（昭和二十五）年のＧＨＱによるレッドパージ（赤色追放指令）により一万数千人が職場から追放された。その反発も大きかった。共産党員や共産党を支持したというだけで公職や企業から不当に解雇、追放され、米軍の憲兵や武装警官隊によって職場から排除された。

裁判所は占領軍の命令を憲法より優先するものとして、身分保全申請を却下した。

こういう混乱した時代にあってサマータイムが日本に根づくわけがない。もし悪名高いレッドパージがなかったら、労働者の反発もそれほど大きくはならず、意外にもサマータイムは後々まで日本にも定着したのかもしれない。

長崎の鐘

一九四九（昭和二十四）年春、両親は名古屋から東京・東中野に引っ越しをして新築の家を建てた。

新築といっても、戦後の混乱期で材料が不足しており、柱や釘、窓ガラスといったものさえ名古屋の家を解体し、列車の貨物に乗せて運んだ。

二階の奥の仕事場の部屋はまだ完成しておらず、剝き出しの天井で、窓ガラスが嵌め込まれているだけで、服を仕立てるためのミシンや作業机もなくガランとしていた。

私が入学した昭和小学校は、まだ校舎が半分しかできておらず、授業は午前と午後の二部に分かれ、四歳上の兄と同じ教室を使っていた。

自宅から学校までは歩いて一時間程かかり、近所の子どもたち五、六人と大声で騒ぎながら昭和通りを越え、青原寺交番前の坂を下るという、なるべく近い直線コースで通学していた。

正見寺《しょうけんじ》、青原寺、源通寺、高徳寺と昭和通り沿いには、大きな寺院がずらりと並び、学校の近くに落合斎場もあった。煙突から白い煙を見ると、不吉なことが起こりそうで手を拳骨にし、親指を隠すのであった。「霊柩車を見たら親指を隠す」という言い伝えは、子どもたちの間の約束事になっていた。

下校の時は寄り道が常であった。落合斎場から妙正寺川《みょうしょうじがわ》の方に進むと、草が背丈まで伸びた野原が広がり、初夏にはモンシロチョウが飛びかっていた。

豚やニワトリなど動物の小屋が固まった一角があり、下校の時は遠回りして、牛小屋をよく覗きに行っていた。牛の舌で手を舐められたこともあった。落合は妙正寺川と神田川とが重なり、落合うことからその名になっただけに、窪地には小さな池がいくつもあり、秋など水田の上をトンボが群れをなして舞っていた。

ただし油断大敵なのは、野犬が一カ所に集まっていることだった。落合に行く時は一人でふらふら行くと、野犬に襲われることがあると子どもたちの間で恐れられていた。

学校から東中野駅に向かう商店街のにぎやかな通りでもよく道草をしていた。兜や刀などの武具が飾ってある骨董品屋を覗いては、甲冑に身震いした。

戦国時代はあんな重そうな防護道具を身につけ走り廻っていたと思うと気持ちが高ぶる。鋭く光った刀は刃物というより芸術品そのものに見えた。

東中野教会の裏手の住宅地にあった、木の独楽《こま》や人形が陳列されている民芸品店の前もよく行き来した。

こけし人形の奥には古い木版画が額縁に納められていた。強烈な紅色に魅了され、大きなガラスに両手を付いて顔をぴったり付けて覗き込んでいた。ブリキの汽車、自動車、古いカメラ、双眼鏡と子どもも欲しがりそうなものが、季節ごとに変えて並べられていた。

その日もガラスにぴったり両手をつけ、ブリキの自動車をじっと見つめていると、

「ガラスが汚れる」

といつの間にか、いつも店の中にいる白髪の旦那さんが後ろに立っていた。

「これが証拠だ」

とだけ言うと、たしかに小学生の小さな両手の跡がガラスにくっきりと浮かんでいた。それっきり旦那さんは竹箒を手に店の前の落葉を掃き始めた。

自宅兼店舗なのか、庭に大きなイチョウの木が空に伸びていた。

そしてイチョウの葉がすっかり落ちた頃に懲りずに民芸品店を覗いてみた。

今度は両手をガラスから離し、新しい陶器の白いうさぎの飾り物を見ていると、店の中から旦那さんに手招きされたので初めて店内に入った。

淡い色の簞笥の前で旦那さんはきちんと正座をしていた。

紺色の和服を着て、火鉢の上の鉄瓶からゆっくりと湯飲み茶碗に湯をそそぎ、少し経つとその湯を茶の葉が入った土瓶に入れた。広い店内は全く物音がせず、鉄瓶のかすかな湯気の音しか聞こえなかった。

「坊やは何年生なのかな」

「四年生です」

「そうか」

旦那さんは和服の袖に両手を入れ、一瞬眼をつぶった。

お茶を口にした時、これまで家で飲んでいたお茶の味とはまったく違う、深く濃い味がした。もっともそれまで飲んでいたのは水道水か白湯であった。

旦那さんは無口なのか、じっと押し黙ったままだった。すると、

「干したアンズをどうぞ」

と小さな紙袋から取り出した。口にすると甘酸っぱい味であった。

「富山のお菓子だよ。お土産にしなさい」

と紙袋ごと渡された。その紙袋をランドセルにしまった。

旦那さんは、茶碗を置く時は少しも音を立てなかった。同じように見習ってこちらも静かに背筋を伸ばして座っていた。

玄関の上がり框《かまち》の横には、まっ白い雪駄と泥だらけの運動靴が並んでいた。

「また寄りなさい。今度はドイツから木馬が来ますから」

と旦那さんは店の外まで見送ってくれた。深々と頭を下げて、その日はなぜか一心不乱に自宅までの帰路を急いだ。

家に着き、兄に民芸品店のことを話すと、興味なさそうに、

「そんな店あるの？」

と言い、干しアンズをポイと口に入れた。

その頃にラジオからよく流れていた「長崎の鐘」という曲が好きであった。

　こよなく晴れた　青空を
　悲しと思う　せつなさよ

自分がはじめて口ずさんだ歌である。学校で習ったそれまでの童謡と異なり、大人の名状しがたい、悲しい旋律が心に沁み込んでくるのであった。歌

「長崎の鐘」作詞：サトウハチロー　作曲：古関裕而

の内容は一つも理解していなかったが、曲の終わりに転調し、高らかに、

なぐさめ　はげまし　長崎の
ああ　長崎の鐘が鳴る

と歌う言葉に体が熱くなる思いがして、いつの間にか二番も歌えるようになった。

それまで聴いてきた童謡とはちがい、歌に隠された秘密があるのではないかと子ども心に感じていた。

ある日曜日に東中野の商店街に遊びに行くと、教会から「長崎の鐘」を歌うコーラスが流れてきた。普段は賛美歌が聴こえてくるのにと思って二番の歌が終わるまで足を止めて聴いていた。

早くも木枯しが吹きはじめた学校の帰りに民芸品店の前に行くと、旦那さんがいつもの紺色の和服姿で落葉を竹カゴに集めていた。挨拶をすると、

「木馬が入りました。お茶を飲んでいきなさい」

とまるで大人の友だちに声をかけるように穏やかに言った。

小さな和箪笥の奥に白い木馬があった。思っていたより大きな木馬で思わ

ず、

「本物の木馬だ」

と声をあげた。ドイツから船で運んできたという。値段をたずねると笑って、

「お高いですよ」

と言うだけであった。

またお茶と和菓子を前に出してくれた。

「学校は楽しいかい」

「はい」

勉強はできなかったが、校庭でドッジボールをしたり、友だちと近くの野原で山芋を掘りに行ったりと毎日が充実していた。

お茶をいただき、なにかの拍子に音楽の話になった。旦那さんはフルートに凝っていて、

「駅前の音楽教室に通っています。まだ人様の前では披露できません」

竹の横笛ならお似合いなのにフルートとは意外な思いがした。

私がふと、

「この頃『長崎の鐘』が好きです」

と言うと、「東京に来る前に長崎に住んでいました」

と湯飲みをやはり音を立てずにそっと置いた。

その意味がよく分からなかったので訊こうとすると、

「私のいちばん下の妹は長崎で亡くなりました」

と言ってそれっ切り黙ったまま眼を閉じていた。

転校生

小学生の時に中央線東中野駅から五分の住吉町（現東中野四丁目）に住んでいた。その頃に結婚式場で有名な日本閣に下る坂から、小滝橋の方に伸びる崖の通りには、戦前に掘られた防空壕がいくつか残されていた。防空壕跡は崩壊の危険があり、どこも立入り禁止の看板で塞がれていた。そっと覗くと手掘りの苦労の跡が生々しく、洞穴の中から湿った土の独特な匂いが充満していた。

そんな防空壕の中でひときわ大きく、入り口も中もコンクリートで固められ、戦争になっても堪えそうな頑丈な部屋があった。そこには大八車、リヤカー、ごみを集めて歩くオート三輪の運搬車が重なり合うようにして置かれていた。

おそらく崖の上の地主が所有している荷物の置場に変化したのだろう。

初夏の日曜日に小滝橋にあるボールペン工場に行ってみることにした。失

敗作というのか商品にならないボールペンが工場の外の木箱に放り投げるように置かれていたので、そこから時々失敬していた。

だがその日は休日のため木箱は外に出ていなかった。

崖の道を落胆しながら歩き、あの大きな防空壕の前に来ると、そこに春に転校してきたマサルが七輪を手に立っていた。偶然とはいえ驚いて声をかけると、

「ここに引っ越してきたんだ」

と平然とした顔で部屋に案内してくれた。

防空壕の中はひんやりとしていた。コンクリートの地面の上に、木の簀《す》の子《こ》を置き、その上に古ぼけた畳が二枚敷かれ、奥にはバケツやヤカン、フライパン、さらに食器が木の棚に無造作に並べられていた。ベニヤ板の天井からは裸電球がぶっきらぼうに下がっていた。おそらく崖の上から長い電線を引いているのだろう。

木のリンゴ箱を勉強机の代わりにして、ミカン箱は本棚にしていた。

なんだか荒々しい戦時中の部屋のような造りに呆気に取られて見つめていると、

「また遊びに来てくれよ」

とマサルは屈託なく笑った。

それは一九五四（昭和二十九）年、小学校四年生の時であった。その頃はまだ戦後の時代が落ち着かないのか、転校生がやたらに多く、学期の途中でも出入りが激しかった。

銀行、警察官、国鉄関係者、時には劇団一座の子どもたちが二週間もしないうちにどこかに流れていく。

そんな転校生の中でマサルは一目置かれていた。生まれたのは樺太の豊原で、戦後の引揚者であった。北海道の旭川の小学校からやって来た。なにかの手違いからか歳は一つ上であった。そのためか、同学年にしては背が高く、体もがっしりしていて、なによりも負けん気が強く、眼がいつも光っていた。

マサルがすごいのは学業が極めて優秀なことであった。噂では六年生までに習う漢字は全部書けるという。こちらは「てにをは」でさえ怪しいのに彼の整った黒板の字を見て劣等感を募らせるのであった。

その上唖然としたのは東中野教会の牧師から英語の教科書を譲って貰い、書取りの練習をしているのだ。

学校のガキ大将もマサルをからかったり、手を出すことはできなかった。

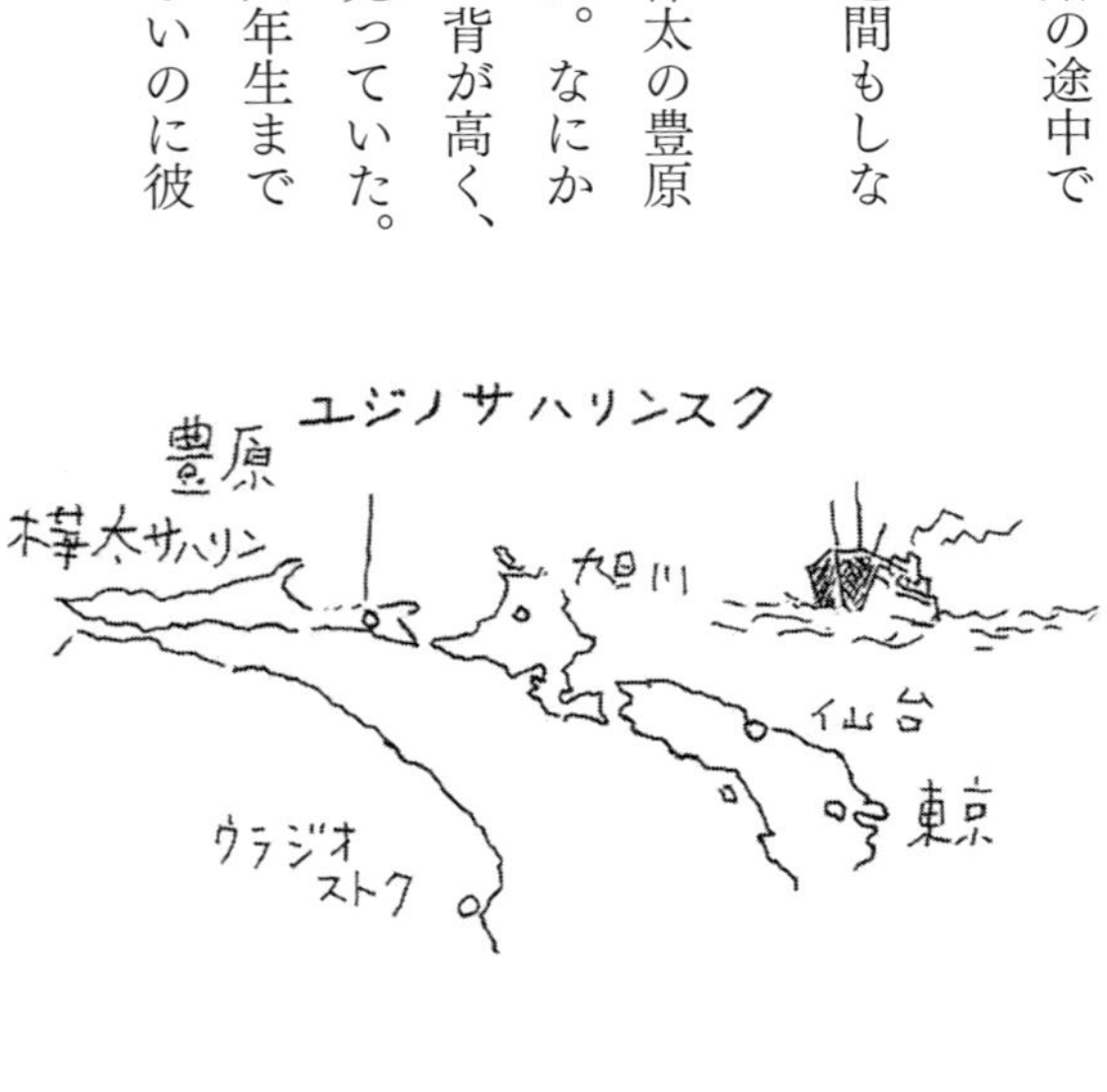

なぜなら、マサルは、夏は煮詰めた菜っ葉色の半ズボンにランニングシャツ一枚、冬は黒い毛布をかぶって学校に来ており、その異様な姿に圧倒されていたからだ。

ランドセルも譲りうけたのかどこかで拾ってきたのか、色は褪せてボロボロであった。

学校給食のコッペパンはかならず半分は新聞紙に包みランドセルに入れて持ち帰っていた。好物なのか鯨の竜田揚げが出た時も半分残して持ち帰っていた。

ちょうどその頃、ラジオから夕暮れになると、たしか二十分ほど「尋ね人」という放送が流れていた。

依頼者の手紙が感情を押さえた声で淡々と読み上げられ、戦争によって離れ離れになった肉親や親戚、知人を探し求める番組であった。「復員兵」「引揚者」「満蒙開拓団」といった言葉をはじめて耳にした。子どもながら、悲惨な戦争が今も続いているのだと実感するのだった。

番組の最後に流れる「ご存じの方は日本放送協会の『尋ね人』の係にご連絡ください」と抑制された声がいつまでも耳に残っていた。

毎日同じ時刻に流れるこの番組をなんとなく聞いていると、母親は「子どもはこんなものを聴いてはいけません」と怒ったようにラジオのスイッチを切ってしまうことがたびたびあった。

それに比べて印象的な笛の音が響く午後六時半からはじまる子ども向け番組の「笛吹童子」を聴いている時は何も言わなかった。

マサルは地域を跨いだ新宿区に平気で出入りしていた。

一方、東中野の子どもたちは、「神田川を越えた新宿は人さらいや、すぐに暴力を振るう不良たちがいる町だ」と恐れおののき、滅多なことでは行かなかった。

だがマサルは一人で平然と大久保にある中央卸売市場淀橋市場に行き、野菜の端物をただで手に入れてくるという。

さらに学校の行き帰りでも、たえず果樹園に眼を光らせており、ビワ、ザクロ、柿、ブドウ、グミが生っている家を調べつくしていた。いちじくの果実や葉を乾かして口にすると回虫駆除にもなるといった、薬草の知識も持っていた。

小学校に行く途中の昭和通りにはお寺が連なっていた。秋になり台風が近くなると、マサルはどこの寺院のイチョウに銀杏が実を付けるのかも知っていた。

昭和通りの交番前で、下校の時にきちんと体を折って挨拶するマサルの姿を見た時、育ちの良さというより、社会に生きる強《したた》かさを感じた。

交番のお巡りさんは、登下校の時はいつも小学生を見守ってくれていたが、マサルのように姿勢を正し、相手に敬意を示す態度を見せる子どもは他にいなかった。

マサルの豊富な知識の出所のひとつはその交番のお巡りさんだったことを知る。昭和通りにお寺が固まってあるのは、元々は浅草などにあった寺院が区画整理のため、上高田や落合に残っていた広大な敷地に、いっせいに移転してきたのだという。

彼はお巡りさんから聞いた知識を元に、お寺の和尚さんの懐に入り込み、大量の銀杏を仕入れることに成功していた。

防空壕のマサルの家で食べたブタの臓物、ホルモンの味が忘れられなかった。炭に火がついた七輪のアミの上に細かい肉が並べられ、ナスやタマネギ

も置かれる。小皿に醤油を垂らし、火傷しないように口に運ぶ。ホルモンの美味しさをはじめて知った。

そこで前から気になっていた両親のことを訊くと、母親は五歳の時に旭川で失踪したのだと、ホルモンを団扇《うちわ》であおぎながら平然と言う。父親は樺太、旭川で林業をしていたが、会社が倒産したので、今は印刷会社で明け方まで働き、朝方に帰宅するそうだ。

その日の夕方、慌てて家に帰り、母親にホルモンがどんな味だったかを興奮して話すと、あまり良い顔をしなかった。

春の風が吹き出した頃にマサルは都営の戸山ハイツに入れるようになったと晴々しい顔で言った。

「また転校するけど、近いから遊びに来るよ」

と大人のように腕組みする仕種で言った。

五年生になるとマサルは戸山の小学校に移った。

なんと我が家も思いもかけず事業が失敗し倒産ということになり、自宅を売却して、隣町の小さな借り住まいに引っ越しして、マサルと会うこともなくなってしまった。

それから七年ほどして思いがけなくマサルのことを風の便りに聞いた。名

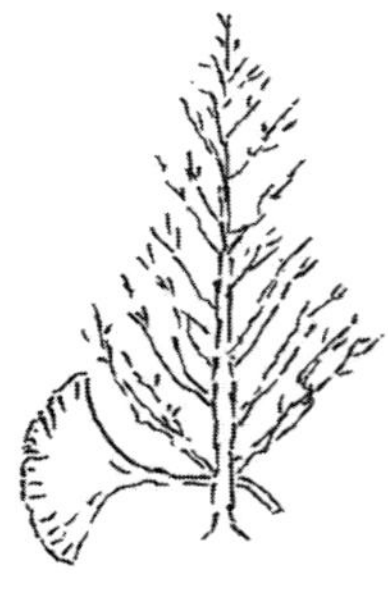

門の新宿の高校を卒業して、なんと国立大学の医学部に入学したという。引揚者の底力を改めて思い知らされた。

モナミの思い出

ＪＲ中央線の東中野駅前に「モナミ」という洒落た洋食レストランがあった。西口を下りた眼の前に大谷石で囲まれた門があり、小型のルノーのタクシーがいつも何台か止まっていた。車のグレーの色がとてもハイカラに見えた。その頃の乗り物といえばボンネットバスかオート三輪かオートバイで、バタバタと目立つ音を立てて街中を走りまわっていた。

車といえば小学校の通学路である昭和通りで、アメリカの進駐軍のバスを何度も見かけた。

深い緑色に塗られたそのバスが来ると、通りすぎるときには物珍しさもあって子どもたちはバスの姿が消えるまで見送っていた。水兵が着るような服を着た米兵が、窓から笑って手を振ってくれることもあった。

モナミにはスーツを着たアメリカ人が出入りしていた。紺のチェックのスカートに白いセーターを羽織るよう肩に巻いた女の人も見かけた。背が高く、

金髪で青い眼をした姿勢の良いアメリカ人女性の姿に、子どもながら圧倒され、見とれていた。

店に自由に出入りできたのは、父親がモナミでコックをしている同級生の山下君がいたからだ。山下君は、物静かで色白で、目鼻立ちの整った上品な顔であった。

学校から帰る時に山下君とモナミに行くと、山下君の父親がレストランの裏で、コックさんがかぶる白い山高帽子を手に、タバコをふかしていた。夜の仕込みが終わった憩いのひとときである。

山下君の父親は店に住込みで働いており、店の裏にある小さな部屋に住んでいた。山下君は、小学校三年生の時に八王子から転校して来た生徒であった。彼の住んでいた八王子の家はすごい山奥にあり、電気が通っておらず、夜はランプ生活だったという。

「そんなに山の中だったの？」

と訊ねると、

「となりの村までは電気がきていて、川向こうの所までしかきていなかった。八王子駅からバスに一時間乗った、昔の炭焼き小屋に住んでいたんだ」

「お父さんは炭焼きをしていたの？」

「そうではなく、村の小さな食堂で働いていた」

「山下君はどこの小学校にいたの？」

「歩いて一時間ほどの、お父さんが働いていた食堂の近くにある学校」

「その学校には電気がきていたのかな？」

「もちろんだよ。音楽の時間は電蓄でレコードを聴いていたよ」

そう言ってから山下君は笑いながら、

「そういえば、うちのお父さんがある日ラジオを抱えて帰ってきたけど、電気がまだきていなかったから、すごく淋しそうにしていたんだ」

「川を挟んだとなりの村が、夜になると蛍が灯るようにポツポツと明るく見えるのがうらやましかった」

と山下君は少し苦笑いをした。やがて憧れの電灯線が引かれると、山下君の父親が、西洋料理を本格的に学びたいということで、皮肉なことに東中野に引っ越しとなった。

店の裏にある山下君の部屋には生活道具がまだ揃っておらず、小さなタンスに卓袱台《ちゃぶだい》だけであった。畳の上には、電気スタンドと新聞、ラジオが無造作に置かれてあった。茶色の弁当箱ほどの大きさのラジオが気になってじっ

と見つめていると、

「そのラジオなんだけど……」

　と山下君はラジオを指さし、

「僕は夜の九時には寝てしまうから、お父さんが夜遅く仕事から帰って来ても気がつかないんだ。お父さんはラジオの音を小さくして聴いて、お酒を飲むのがすごく楽しみなんだって」

　と澄んだ眼をして言った。

　山下君が八王子で生まれ、東中野まで来た話は、まるで冒険小説を聞いているようだった。

「アルコールランプのガラスの筒を磨くのは僕の仕事だったんだ。子どもの小さな手が役に立つこともあるんだよ」

　山下君からは母親の話が一つも出てこなかった。触れないようにしていたのか、こちらも敢えて訊いたりはしなかった。

　当時のモナミは作家や文化人にも人気が高く、料理の味も接客も良く、価格も適正なためにいつも混んでいた。

　モナミという名はフランス語で、「私の友、私の恋人」という意味だと山

下君から教えられた。小説家の岡本かの子が命名したという。

モナミは、富豪の屋敷を買い取り、レストランとして改装したもので、大正期の洒落た外観であった。敷地内に明るい雰囲気の喫茶店もつくられた。岡本太郎や花田清輝、丹羽文雄といった多くの作家や芸術家たちが出入りしていただけに、彼らの小説や日記、年表の中にも、店の名前がいくたびか登場していたらしい。

山下君の部屋には、父親宛てのサインが入った本が何冊かあった。文化人たちと顔馴染みになった山下君の父親は、それを自慢そうに、いろいろな本を見せてくれることがあった。山下君の父親は、新聞や雑誌にモナミの広告が出ると丁寧に切り取り、ノートに張り付けていた。

働いている店員さんたちは大らかで寛容なところがあり、店の裏の山下君の部屋にいると「坊やたちこれを食べるかい」とシュークリームなどのケーキと紅茶ポットをお盆に乗せて持ってきてくれることもあったり、時には緑色のクリームソーダにサンドイッチと豪華な時もあった。その時生まれてはじめて口にしたケーキと紅茶の味に「これだこれだ。本物とはこの味だ」と子どもながらに思ったものだ。

モナミが作家や芸術家たちに人気があったのは、コックやスタッフの真心

がこもった料理と客をもてなす笑顔があったからである。山下君の父親も、いつも穏やかで、怒った顔は一度も見たことはなかった。

レストランの室内は、白い布がかかったテーブルに外国製の背の高いイス、大きなガラスの窓と白の薄いカーテンで、どの部屋も整然としていた。ゴテゴテとした飾り付けのない外観と室内は、子どもながら建築の新しい風を感じるのであった。

モナミの建物が新しい時代の到来を思わせるのは、建築家の力であろう。敷地の中の建物の配置が、樹々に合わせたように重なりまるで違和感がない。室内からは、庭全体を見渡せるように自然に建てられている。帝国ホテルの設計に携わった日本人の建築家が設計したのだと、山下君の父親が教えてくれた。

店は坂の上にあったので、その頃流行りだしたローラースケートで滑り下りていった。タイヤが付いたローラースケートに、運動靴を縛って滑るタイプのもので、子どもにとって高嶺の花であった。持っている友だちに頼み、じゃんけんをして交互に乗って遊んでいた。

夏が近づいてくると、庭には大きなテントが設置され、ビヤガーデンになった。首から花のレイを下げた本物のハワイアンバンドが優雅に演奏し、大

人の男女がダンスをしていた。

山下君と庭石に座り、大きなジョッキのビールを手にした客を見て、「早く大人になりたいね」と笑い合っていた。

夏の終わり頃に山下君は声をひそめて、

「店の裏に米軍の毒ガスマスクみたいなものがあるよ」

と言った。店の裏にある木の塀には、大きく「立入禁止」と赤い文字で書かれ、その下に英文で「ＤＡＮＧＥＲＯＵＳ」とあった。

その高い木の塀の隙間を釘抜きを使ってこじ開け、中を覗いてみると、たしかに写真で見たことのあるようなゴム製のマスクがあった。口のところから太いゴムのチューブが垂れていた。

何にでも好奇心を持つ小学生二人は、さっそく隣接した木に登り、中を見ると、英語の文字がくっきり見える木箱がいくつもあり、その箱の上に毒ガス用マスクが雨ざらしになったように乱雑に積みあげられていた。

山下君は木に体を巻き付けるようにつかまりながら、

「進駐軍の緑色をしたトラックがこのところ止まっていて、あの木箱を運んでいた。ラジオ体操がはじまる前の早朝に隠れるように運んでいた」

と何か重大なことを告白でもするかのように言った。そのガスマスクをかぶってみたくてしかたがなかった。

戦前、東中野周辺は、陸軍が駐屯し、軍人の多い街と言われていた。戦後はその陸軍の跡地を進駐軍が占拠し、駅近くの闇市には、米軍の物資の横流しが大量に横行していた。

中野区の子どもたちは、新宿区の連中と神田川をはさみ、なにかともめごとを起こしていた。結婚式場の日本閣の裏にある大東橋《だいとうはし》が戦闘の場所であった。とくに喧嘩をする理由はないが、橋を境にし、時には竹竿を手に睨み合いをして、お互いに罵り合うだけであった。新宿区の子どもたちは「東中野の田舎者」と言い、こちらは逆に彼らを「不良」「与太者」と呼び、からかっていた。

子どもたちにとっての喧嘩は、単なる日頃の憂さ晴らしであった。その言い争いの日に、このガスマスクをつけて勝敗に決着をつけたかったのだ。

ガスマスクを盗むには木の上に登り、長い竹竿の先に釘針のように太い針金を巻いて、引っ掛けるようにしてマスクを引きあげるのが一番手っ取り早い。

決行の日の夕ぐれがきた。

「任しておいて」

と木に登り、山下君から竹竿を渡してもらう。マスクのメガネガラス面は、夕陽を浴びて光っている。

あたりは人影のまったくないところだが、誰かに見られているのではないかと、胸がドキドキした。下にいる山下君に「見張っていてね」と小さく声をかけた。

ガスマスクはでこぼこしているので、意外にも簡単に竹竿に引っ掛かった。そのままぐるりと竹竿を廻し、山下君のいる下にそっと置いた。たくさんマスクはあったが、三つもあれば充分といえよう。

木から下り、ガスマスクをかぶってみると、ずっしりとした重みがありゴムの匂いがした。

毒ガス用のマスクと思っていたが、飛行機のパイロットがかぶるマスクのようにも思えた。ゴム製の太いホースはたぶん酸素が流れる仕組みになっていた。山下君がそっと顔にかぶってみると、ブカブカで笑えたが、見た目が異様なので迫力があった。

山下君の部屋の軒下に、このマスクを小麦粉の入っていた布袋に入れて隠しておこうと相談したが、「見つかったら交番に連れていかれる」と充血し

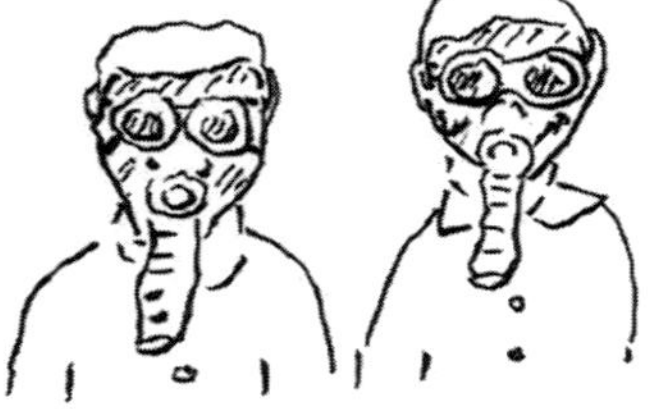

た目で怯えた声を出した。仕方がないので自分の家に持ち帰り、決戦の日まで人の眼に触れないよう、縁の下の奥の方に押し込んだ。

土曜日の午後、神田川沿いの公園に集まるのが近所の悪ガキ共の習わしであった。新宿区の不良たちも川を挟んだ公園でブランコに乗ったりして平穏に遊んでいるが、退屈してくると、公園の金網から身を乗り出して、大東橋の上で「田舎者は山に行け」「新宿の不良」などといつものののしり合いが繰り返されるのだった。

野球のバットや竹ボウキの柄を持った者たちがジリジリと威圧をかけてくるのだが、決して橋を渡ってお互いの陣地に入ろうとしなかった。敵に捕まり捕虜になるのだけは避けたかったからだ。

「新宿の不良ども、たまには東中野のおいしい水を飲んだらどうだ」

背の高い六年生が大声をあげると、

「映画館もない田舎」

「なにを」

東中野はこの日のために前もって作戦会議をしていた。六年の連中が相手を煽り、ひるんだところであのガスマスクをつけた三人が前に立ち、大声で相手を威嚇するという作戦だ。

ついに決戦の時が訪れた。

我々三人組はガスマスクを付け、両手をかざし大声をあげて走っていくと、新宿の悪ガキは初めて見るガスマスク姿の人間に、なにが起きているのか分からず、一目散に逃げていった。中野区の子どもたちは、新宿区の彼らの陣地に足を踏み入れ、竹竿を一斉に上げ、犬の遠吠えのような雄叫びをあげた。

心配そうに後ろの方で見ていた山下君が、

「お巡りさんが来ている」

と相手が固まっている方向を指差した。

自転車に乗ったお巡りさんがどんどん近づいてきた。山下君は、

「マスクを早く川に捨てて！」

と金切り声を上げた。

橋の欄干からマスクを素早く投げ捨てた。近くを通り過ぎていったお巡りさんは、

「喧嘩はいかん」

とマスクのことには触れず、別の事件でも発生したのか日本閣の坂道を自転車を激しく左右に振るように漕ぎながら走り去っていった。

闇市

隣の席の吉田一郎君が昼休みに、校庭の端でそっと袋に包まれた、光るものをポケットから取り出して見せてくれた。

「これ知ってる？」

一郎君は少し声を潜めていった。

「防弾ガラスというものなんだ。アメリカの飛行機の窓に使われたもの」

手にするとずっしりと重く、なにか未知のものに胸が高まった。

「防弾ガラスはガラスとガラスの間に、透明な樹脂を流し込んで挟み込んで強化ガラスにしているんだ」

空に透かして見ると、たしかに今まで見てきたガラスと違い、うっすらと膜があるようで透明感がなかった。

一郎君はお兄さんが闇市に出入りしていたので、イモアメや旧日本軍から放出されたカーキ色の布袋などを持っていて、闇市のことをよく知っていた。

「モナミの裏の路地に露天の店があるだろう」

「ああ。テントのお店や大八車に積上げられた飯盒《はんごう》を見たことがある」

「お兄ちゃんがトタン板の上にあったこのガラスの欠片《かけら》を買ってきたんだ」

そして一郎君は、そのガラスの欠片をもう一つのガラスで表面を擦り、こちらに差し出した。その欠片を鼻に当てるとなんとも甘い匂いがした。

「いい匂い。カステラの匂いがする」

鼻を何度もくんくんさせていると、一郎君は、

「お腹が減った時に、このガラスを持っていると元気になれるんだ」

「僕も欲しい」

「そうだよな。これさえあれば、いつだって甘い砂糖をポケットに入れて歩いているようなものだ」

その日は放課後も彼の後を犬のようについてまわり、その甘い匂いのとりこになっていった。一度あの匂いをかぐとまるで中毒症状になるようだった。

家に帰り中学生になった兄に闇市のことを話すと「あんな所に行くな」とすごい剣幕で叱られた。

「擦ると甘い匂いが出るガラスが売っているんだ」

「昔に小学校で流行ったことがある」

と兄はこちらが予想もしないことを言った。

「でもすぐに廃れたよ」

とからかうように笑った。

「砂糖の匂いがした」

「それはプラスチックを擦った匂いと変わらないな。甘味に飢えたからといって、ズルチンやサッカリンのような人工甘味料を取ると肝機能障害を起こすぞ。闇市なんかに行くな」

物知りで頭のいい兄は、もう一度くぎを刺すように言った。

「闇市に行くな。不良になるぞ」

「アカ」「赤狩り」「レッドパージ」「共産主義者」といった言葉を知ったのは小学四年生の頃である。

先生の中にもレッドパージで公職追放された人がいるという噂を聞いたことがある。「赤狩り」である。「赤」の連中は、社会に不穏な空気を撒き散らす不良や、ならず者よりもっと手に負えない者と言われ、シベリア帰りの者が多いとも聞かされていた。まるで得体の知れない人物たちのように耳にす

るが、その実体は小学生にはなにも分からなかった。

ある秋の日の午後、学校からの帰り道に、近くの金物店の前で大勢の人たちが「赤狩りだ」と騒いでいた。

そこには、日本人の警察官と白いヘルメットに「ＭＰ」（アメリカ陸軍の憲兵）と書かれた背の高い軍人風の男が四人ほどいた。

その金物屋には、親に頼まれてバケツやノコギリの目立てを頼みに何度も行っていた。無口な店の主人は、柱時計の歯車を外し修理をしていることもあった。白い割烹着を着たおかみさんは、「坊やお使い偉いね」と店の主人とは逆にいつも明るく笑顔を絶やさない人だった。

警察官は、金物屋夫婦の住まいになっていた二階に入り、部屋にあった書類を持ってきた木箱に積み込み、茶色の幌のついたトラックに運んでいた。大人たちは、店の周りを囲むように立って、勝手なことを口々に言っていた。たとえばこうだ。

「アメリカ軍が救ってくれなければ、日本はアカの国になっていたところだ」

と床屋の老人が言えば、別の人が金物屋の主人のことを、

「米軍の暗殺計画を企てたんだ」

と言う。ＭＰたちは両手を後ろで組み、ニコリともせず立っていた。子どもたちはＭＰに「ギブミーチョコレート」と言いたいところだが、なにか大きな事件が発生している様子なので言えない。ガムやチョコレートをねだる声は喉まで上がってきても、それを口にする友だちはいなかった。店の周囲の雰囲気は緊張感に満ちていた。

床屋の老人は周りの者に聞かせるかのように、

「アカの連中が、メーデーの騒ぎに乗じて、マッカーサー暗殺や政府の転覆を狙っていたようだ」

ちょうどその時、金物屋の小柄な主人が、顔を下に向けたまま警察官の後についていくように店から出てきた。手錠をはめられることはなく、トラックの荷台に乗せられて車はすばやく発車した。

店の前でおかみさんが大きく肩で息をつき、ただただ頭を下げていた。その横に赤い服を着た、やせた白い顔をした小さな女の子が呆然と立っていた。眼を大きく見開き、眼に涙がいっぱいにあふれそうになるのをこらえるため、ぐっと両手をにぎりしめていた。

「お父さんがつれて行かれた」

そう二度ほど言うと、大声をあげて泣き出した。幼い泣き声がつらいのか、大人たちはしだいに店の前から離れていった。MPたちは店の前に立って、なにやらメモをしていた。

遠くに学生帽を深くかぶった兄がMPをにらむようにじっと立っているのが見えた。兄は体を動かすこともなく、ただMPを見つめていた。

家に戻ると、兄は憮然とした顔で言った。

「広島や長崎にアメリカ軍は原子爆弾を投下して、日本を壊滅状態にした。その相手国を、なぜ今は手のひらをかえしたようにちやほやしているのか。意味が分からん」

次の日に学校に行き、一郎君に昨日闇市に行けなかったことを話すと、

「それは残念だったな」

と言いながら、防弾ガラスが入った布袋をチラリと見せてくれた。一郎君に金物屋の騒動のことを話すと、

「アカは怖い。アカは逮捕されて牢屋に入れられるんだ」

と真顔で言うのだった。

「一郎君、僕はよく分からないけどアカって悪いことをした犯罪者なの？」

「実はオレ、何も知らないんだ。政府を転覆させようとしている連中をどうもアカというらしい」

「転覆って、ひっくり返すこと？」

「だから革命なんだ。革命の旗の色が赤いから、アカというらしい」

午後、校庭の裏で一朗君と甘い匂いのするガラス擦りをしているときに僕が言った。

「一郎君は詳しいな」

「これはぜったい秘密なんだけど、闇市で仕事を見つけたお兄ちゃんは、親方と一緒に共産党に入った」

「えーじゃあアカなの」

「ううん。そうじゃなくて、その組織の下の中野区の民主青年団というところに入ったみたい」

一郎君はうまく説明することがどうもできなかった。その後も交互にガラスを擦り「甘いカステラだ！」と二人笑いあっていた。

兄の進学

母の仕事場は二階にあり、小学校の教室の半分ほどの広さであった。

仕事場のある二階には、大きな作業台と大型の電動ミシン、作った服を着せるマネキン人形や布地を保管する棚が設置され、縫い子さんが泊まる部屋もあった。人が充分動けるほど余裕がある大きい仕事場だった。

朝早くから夕暮れまで、母は二人の縫い子さんと毎日忙しく仕事をしていた。

針やハサミ、ミシンが置いてあるので、子どもたちは仕事場に入ることを禁止されていた。母が夕方に食事の支度で下に降りてきて台所に立つのを見計らって、こっそり二階に上がっては服の型紙の残りや処分された厚手の画用紙をそっと盗み、ロケットや飛行機の模型作りをしていた。

二階の奥の本棚にはアメリカの分厚い洋書がずらりと並んでいた。母は、この洋書を婦人服作りの参考にしていた。

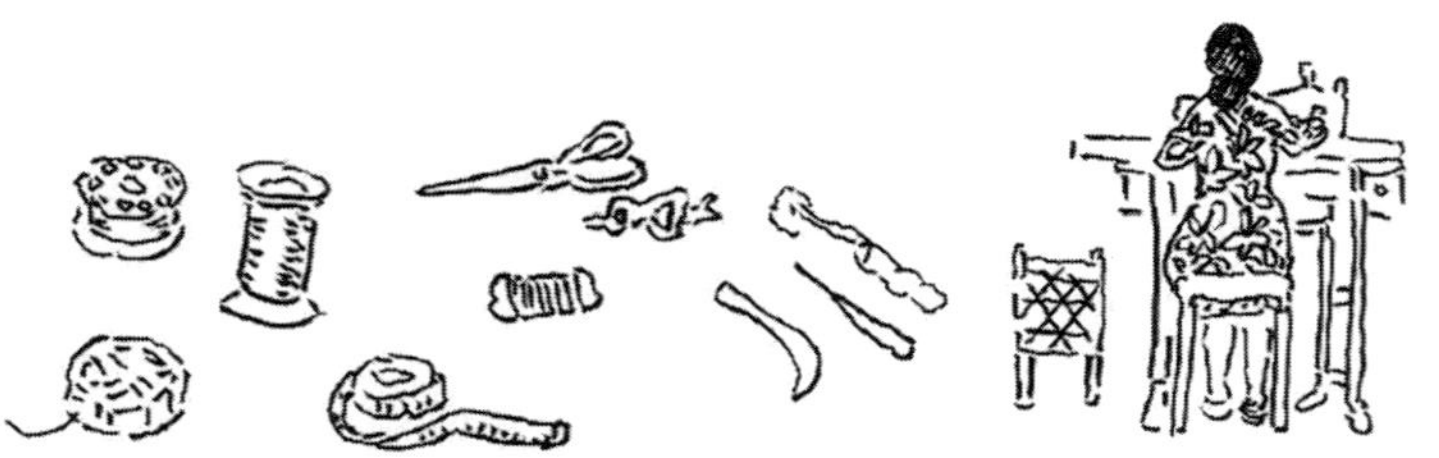

　ある日、おもちゃがたくさん掲載されている洋書を見つけた。ページを開くと、油が染み込んだようなインクの匂いがした。後にその本はアメリカのシアーズ・ローバック社の通信販売のカタログだと分かった。野球のグローブや自転車、電気機関車、双眼鏡といった、これまで見たことのないような斬新で洗練された子どもの玩具のデザインにとりつかれた。

　母はそんな洋書や雑誌を日本橋の丸善で手に入れ、新しい服のデザインを勉強していた。ライトテーブルの台の上に服のデザインのテキストを置いて、紙にトレース（複写）するのだった。私も母の真似をして電気機関車の写真を写し取り、マンガのコマのように何枚も書いて、それをパラパラとめくり少しずつ動かすことに夢中になっていた。

　和室の部屋は冬になると掘りゴタツが作られ、足元には金網で覆われた火のついた炭が置かれていた。そこに足を伸ばし、うつ伏せになってマンガの本を読んだり、時には薄い掛け布団に眠気を誘われ、寝入ってしまうこともあった。

「もぐり込むと一酸化炭素中毒になるから顔だけは出しておきなさい」

　とコタツの横を通るたびに母に注意をされていた。

　その当時の兄は、胸から足まで毛布を巻き付け、夕食以外はとにかく一心

不乱に勉強をしていた。兄の机の前の壁には、勉強の計画進行表が丁寧に書かれていた。またテストの点をジグザグの線でグラフにし、自分の能力を計ってもいた。

ある夕方、めずらしく兄に厳しく叱られたことがある。いつものようにコタツに入り、洋服の型紙に使用した端の細長い紙に船や飛行機の絵を描いていると、

「漢字のテストを見たが、あれはひどいな」

と言いながら、兄はコタツに冷たい足を入れてきた。

「マンガを描くのをしばらくやめて、漢字の練習をしろ」

兄は漢字のしくみについて、その細長い紙に書いてくれた。漢字の部首を頭に入れるために、声を出しながら漢字を書くようにと念を押された。

兄の成績は学年でも常にトップクラスで、なんと言ってもその字の正確さ、丁寧な美しさは学校の先生より上だった。

優秀な兄は隣の区の私立中学校に入学した。エスカレーター式の学校で、大学まで進学できる男子校であった。父が兄の意見を聞くこともなく、一方的に決めた学校だったので、兄は不満そうだったが、成績が良いので無試験の推薦入学で合格した。保守的な学校で、全員丸坊主というのが校則であった。

兄ははじめての坊主刈りに戸惑い、帽子を深く被って通学していたが、その私立中学の威張りくさった教育方針に強く反発していた。高校野球に強い学校のためか、中学も野球特待生が多く、生徒同士も力ずくで争いごとを解決するようなところがあった。

兄は寝る前に日記を書くのが習慣だった。

日記には、「学校の規則の矛盾」とか「将来は社会の役に立つ人間に」といったような言葉があったのだろう。そんな日記をなにげなく見た父は、兄を鼻で笑った。

日記を見られた兄は、それから父とは一切口をきくこともなく、家の中でも帽子を被り、顔を隠すようにして机に向い、ひたすら勉強をしていた。一方、父は、自分に対して意地を張り続ける兄の態度に呆れていた。大学まで行ける一貫校を勧めたのは兄のためだと思うところがあったはずだ。しかし、そんな親心は兄には通じなかった。

それからは兄は時折、母に進路を相談し、転校したいと母に言った。そして、中学二年生になると、近所の区立中学に転校した。それからは、兄は髪が伸びて家の中で帽子を被ることはなくなった。父は兄のためにと私立中を勧めたことが無下にされ、転校させたことを母の横槍だと感じていた。

とにかく父親を見返したいという思いから、その後の二年間もしっかりと学習の計画を立て、当時優秀校といわれた杉並区にある高校に入った。

一九五六（昭和三十一）年、五月に日本山岳会の登山隊はヒマラヤのマナスル（標高八一六三メートル）に世界初登頂の快挙を成し遂げた。これがきっかけとなり、戦後の日本に登山ブームが訪れた。

日本が太平洋戦争に突入した一九四一（昭和十六）年からは、国は〈高度国防国家体制〉の方針を打ち出し、戦争継続のために国民の行動を制限し、物資も統制された。もちろん趣味での登山などの野外活動も制限されており、軍事教練としての行軍登山や戦技スキーが強制されたのだった。

戦後になると、「国破れて山河あり」とでもいうのであろうか、日本の登山隊がヒマラヤで八〇〇〇メートル級の山に挑戦し、成功したことが発火点となり、空前絶後の登山ブームが起こった。若者たちは山に自由を求め、夜行列車に乗って登山する喜びを満喫した。

この時代は、駅からすべてが始まったと言っても過言ではない。

戦後の高度経済成長を支えたのは正に駅であった。就職、出稼ぎ、修学旅行、新婚旅行、そして山登りと、駅から列車に揺られてみんな旅立っていった。

兄と最初に登った山は、早朝の一番電車に揺られた奥多摩の川苔山《かわのりやま》であった。

標高は一三六三メートルと低いが、深い渓谷と尾根が重なり、複雑な地形を造りあげた懐の深い山である。

五月の連休に入った最初の日曜日に登った。

高校の山岳部に入った兄は受験勉強から解放され、山の空気を胸一杯に吸い、晴れ晴れとした表情で、あたりの山容を味わいながら歩いていた。

林の急坂を登ると、やがて広く明るい鞍部《あんぶ》に出た。そこにはたくさんの登山者が茶店で休んでいた。山頂へはもうすぐだと励まされながら、膝に手を置きながら汗だくになって登った。

「頂上に着いたぞ」

と兄は両手を広げた。

山頂には遮るものはなにもなかった。奥多摩、丹沢、どっかりと座った富士山が、まるで墨絵のように重なって見えた。

兄は固形燃料に火を点け、お湯を沸かした。兄が握った大きなおにぎりを食べ、氷砂糖を口にしていると、疲れがゆっくりと消えていった。

しばらくすると会社の山岳会なのか、十人ほどが肩を組んで、「♪りんご

の花ほころび　川面にかすみたち♪」とロシア民謡の「カチューシャ」を歌い始めた。そして彼らは、仲間のアコーディオンの演奏に合わせるようにしてロシア民謡を次々と歌い出した。その時に労働組合の旗を持った別のグループが頂上に辿り着き、彼らの歌と唱和するように赤い旗を左右に振り、その場を盛り上げていた。

若者よ　体をきたえておけ
美しい心が　たくましい体に

と歌い出すと、兄は居ても立ってもいられないのか、彼らの円陣の中に飛び込み、肩を組み一緒に歌い出した。

笑うことはめったになく、顔を伏せ必死になって勉強ばかりしていた中学時代の兄。無理解な父への反抗と思えたが、そんな兄が人の輪に入って歌っている。そんな高揚した兄の姿をはじめて見て、なぜか涙が流れた。

赤い旗の下で唱和する歌は、ロシア民謡から労働歌、革命歌と変わり、やがて憑き物が落ちたように解散となり、登山者は各自山を下っていった。兄は山を下りながら、山の自由、さらに民主主義について熱っぽく語るのだった。

「若者よ」作詞：ぬやまひろし　作曲：関忠亮

被爆した船員

戦後どれだけ多くの人が地方から東京へと夢を託して上京したのだろうか。私の両親のように名古屋から夜行の汽車に乗ってきた集団の中に、その後何人東京で成功を収めた人がいたのだろうか。

希望を胸に秘め、東京駅のプラットホームに降り立った時、あるいは乗り換えする雑踏の地下通路を、両手に荷物を抱えられるだけ持ってよろけるように歩いていた時、みんな何を考えていたのだろうか。

名古屋で洋裁学校と出版で成功を手にした両親はおそらく自信に満ちていたのだろう。なにしろ日本橋の三越本店の支配人が保証人になっていたのだ。天下の三越本店と取引ができることは、その後はなんの不安もなく、まるでバラ色の人生が待っているようなものだった。

両親は戦後すぐに経済は回復すると予測していた。「吊るし服から注文の仕立て服へという時代が、近い将来かならずやってくる」と両親は見ていた。

それまで洋服といえば、店頭に吊るされて売られる、通称「吊るしの服」や古着だった。多くの人は国民服というべき薄青色の、体に合わない菜っ葉服で我慢していた時代である。

名古屋から東京に出てきた翌年、朝鮮戦争が勃発した。アメリカの自由主義陣営は、大韓民国を後押しし、ソ連と中国が朝鮮民主主義人民共和国（北朝鮮）を応援する構図で半島全域を二分する戦火に巻き込んだ。

戦後日本は戦争を放棄し、二度と戦場には人を送り込まないと憲法に明記した。そして朝鮮戦争は日本に大きな変化を二つもたらした。

ひとつは日本の再軍備であった。在日米軍の後方部隊にと、ＧＨＱは日本に再軍備への方針転換を求め、それが自衛隊の前身となる警察予備隊の創設となった。

もうひとつは朝鮮戦争によって、日本は大きな経済回復をした。アメリカ軍の補給基地となった日本は軍需品の要望が高まり、いとまがないほどあらゆる仕事が舞い込み、鉱工業生産は戦前の水準を一気に超えて、朝鮮特需景気が起こった。

しかし両親の期待したように事は進まなかった。というのは景気が回復す

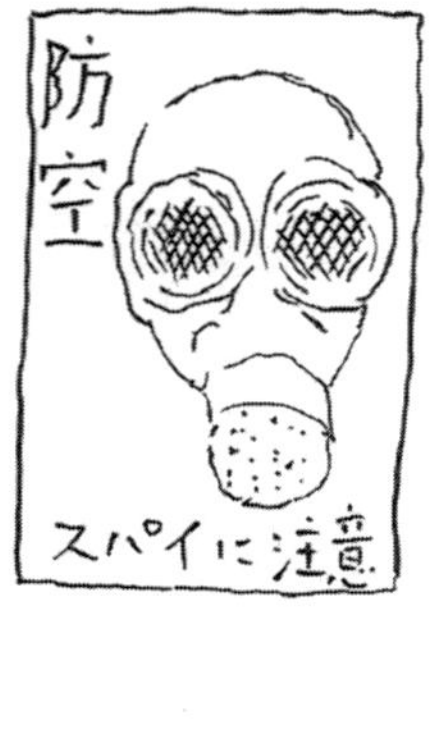

ると、既製服売り場が、高級感の誉れ高い三越本店の洋服売場で連日賑わいを見せて、新聞にも大きく写真入りで載せられた。一方、仕立ての高級婦人服はそれまでの取引先が顧客をがっちりと押さえ、新参者の両親のところにはなかなかまわってこなかった。

名古屋で成功した洋裁の出版物は、東京でも一度重版をしたものの、有象無象の各社が競い合う中に埋没してしまい、新しい本の出版はできなかった。

自宅の二階には、広い洋服の仕立ての作業場があり、アメリカ製の高級ミシンが置かれていた。作業場には、若い女性の縫い子さんが二人寝泊まりして働いていた。だが、やがて三越からの注文がなくなると、縫い子さんもいなくなり、母親だけが夜遅くまで働いていた。

三越本店のまわりは、百貨店帰りの客を目当てにした店が目白押しに連なっていた。

両親は思いきって三越本店の近くに注文婦人服の店を出したが、これも店に足を運ぶ人は皆無に近い状態であった。

父はドイツ製のスクーターに跨り、次の事業を興そうと奮闘していた。

「もう少ししたら自動車を買うよ」

と笑顔で子どもたちの前で気前のいいことを口にしていたが、やがて数年

もたたずに事業は行き詰まり、スクーターから始まり、家屋敷を売却する羽目になった。

私が小学三年生だった一九五四（昭和二十九）年三月、日本を揺るがす衝撃的なニュースが新聞に載った。

太平洋ビキニ環礁で米国が水爆実験を行った。この時、日本のマグロ漁船、第五福竜丸が付近を操業していた。水爆実験は広島原爆の約千倍という凄まじい破壊力であった。

乗組員全員二十三人は放射性物質を帯びた「死の灰」をかぶった。

その年は日本でも雨が降ると、放射能物質に覆われると、連日新聞に書き立てられた。家でも学校でも「雨を浴びると大変なことになる」と人々は目に見えない放射能に怯えていた。傘を持っていない家庭の子は、雨の日は学校を休んでいた。

しばらくすると築地市場のマグロから強い放射能が検出されたため、マグロやヨシキリザメの廃棄処分が決定された。魚屋の店頭から一斉にマグロが消え、「原爆マグロ」騒動が全国を駆け巡り、他の水産物にも大きな打撃を与えた。寿司屋の入り口には、「当店の魚は日本海産、マグロは青森産、安

心、安全」と大きな貼紙があった。

母は「しばらくお魚は禁止ね」と食卓の前で頰杖をついていた。

そのころ、杉並区の主婦が中心になり、原水爆禁止の署名運動が始まった。道で署名を求めるエプロン姿の婦人たちを見かけると、両親は「ごくろうさん」と声をかけてねぎらっていた。

かつて広島や長崎に原爆を落とされたことを、子どもたちも知ってはいたが、被爆者の実態はまるで封印されたように知らなかった。なぜなら敗戦から長い間、ＧＨＱは原爆の後遺症のことが話題になることを恐れて、厳しく情報統制を敷いていたからだ。

それが新聞のスクープによって第五福竜丸の乗組員の被爆の実態を知って、原爆被害についても初めて国民の前に明らかになったのだ。

学校の先生は、

「水爆実験が隠され、国民に知らされていなかったら、日本は被爆国として声を上げることはできなかった」

と言った。

その後、原水爆禁止の署名運動は、空前の規模の平和運動に発展していった。死の灰の雨におののいた都民のあいだで、「水道水もあぶない」と過剰な

噂が蔓延し、東京都は水道水の放射能検査を実施し、水道の水は「安全です」と発表をした。

第五福竜丸に乗っていた無線長は、半年後に亡くなった。日本人医師団は、死因を放射能症と発表したが、米国は直接の死因は放射線ではないという見解を出した。

「日本人患者の発病の原因は、放射能よりもむしろサンゴの塵の化学的影響とする」という内容を発表した。

第五福竜丸はアメリカ合衆国が設定した危険水域をはるかに超えて原爆の千倍の破壊力に右往左往したのだった。想定していた範囲をはるかに超えて放射能は拡大した。だが、アメリカ側は、第五福竜丸は警告を無視して危険区域の奥深くまで進入したと主張し、さらにアイゼンハワー大統領は、同船は共産主義者のスパイ船であったと、真相を覆い隠すような論を捏《こ》ね繰り返しはじめた。

その後も船の乗組員の死は「放射線が直接の原因ではない」との見解をアメリカ政府は取り続け、明確な謝罪を行わなかった。第五福竜丸の被爆によって、日本では反核運動、反米運動の高まりが一段と強くなった。

放射性物質とその被害は、その年の映画「ゴジラ」が作られる動機にもなった。

反米色の鬱憤が一番顕著に表れたのが、テレビで放映されたプロレスであった。

シャープ兄弟と力道山、木村政彦とのプロレスタッグマッチがある夜は、電気屋やバス乗り場の街頭テレビの前は、番組が始まる前から人だかりであった。子どもたちもミカン箱に毛布をかかえ、夕方から始まるプロレス開催を待っていた。

憎きアメリカ人シャープ兄弟を力道山は空手チョップで薙ぎ倒すと、テレビの前では大声援が起こり、大人たちは興奮状態で「アメリカ人を絞め殺せ」と怒号が飛び交うのであった。とくにこのシャープ兄弟がルールを守らず、狡《ずる》いタッチをすると、「もう我慢できない」と酒に酔った老人が、テレビの一番前まで近づき叫び声を上げ、力道山の空手の仕種を繰り返した。

プロレスの終了時間になってくると、力道山の空手が唸り声を上げるようにシャープ兄弟をバタバタとマットに沈ませ、最終ゴングが鳴って救われた。

その後は大人も子どもも満ち足りた気分で家路につき、プロレスが一種の芸能でもあるスポーツの興行だとは誰一人思ってはいなかった。純粋な真剣

勝負だとなんの疑いも持っていなかった。

ある日クラスの中でませた子が「プロレスはインチキだ」と言ってすぐさま袋叩きにあった。

「力道山がインチキなんかする訳がない」

とみんなでその子を取り囲んだ。感情が高ぶり、逆上気味になっているとその子は、

「オレの大学生の兄は、『プロレスは芝居と同じ筋書きがあるんだ』と言うのだ」

「そんなもんあるわけない。リングの上は神聖だ」

隣にいた子も手は出さないが、相手の子に迫っている。

「力道山は正義を貫いたレスラーだ」

「そうだ、そうだ」

「プロレスは視聴率が取れるので、どうしてもショー的な要素が高くなるんだって」

「ショーってなんだ。だからそれがどうした。力道山は、日本人をいじめてきたアメリカ人を懲らしめているんだ」

「そうだ」

私にしても芝居のようにプロレスがショーとして行われるとは信じられなかった。

力道山のプロレスの影響で、一般の家庭にもテレビを置く家が増えた。冷蔵庫や洗濯機も普及し世の中が明るく、しだいに景気が良くなってきた。

だが翌年、私が五年生になる頃に兄は、「家を処分して引っ越すことになる」と予想もしていないことを口にした。

たしかに深夜、両親の争いごとの声が応接間から聞こえることがあったが、まさか家を売るほど逼迫した状態だとは思ってもいなかった。そんなこととは裏腹に、プロレスがインチキをしているのかどうかを兄に訊くと、

「インチキではない。プロレスは立派なショーだからな」

「ショーって？」

「つまり娯楽的な見世物、出し物に近い」

と言われた。物知りの兄は中学三年生でも十分大人のような知識を持っていた。

「大人になればそのうち分かるよ」「大人にいつなれるの」「本をたくさん読めば大人になれる」

兄の言っていることが分かる年齢にやっとなっていた。

兄の手紙

兄が都立高校に入学したのは一九五五（昭和三十）年であった。戦後の混沌とした時代が終わり、景気も回復しつつあり、ラジオから「月がとっても青いから」が何度も流れていた。

高校の山岳部に入った兄は休日になると、山に出かけていた。そして夏休みに入ると、二週間の北アルプスの夏山合宿に向かった。山に登る時はいつも、ハンチング帽に、継ぎ接ぎだらけのズボンを穿き、風采は一丁前の山男に仕上がっていた。

自分の体重と同じ重さの巨大なキスリングザックには、寝袋やテント、食材などが一分の隙もないほどぎっしりと詰め込まれていた。なぜそんな重い荷を背に、汗水をたらし、高い山に登るのか、山のどこにそれほど引き付けられるのだろうか。少年だった自分にはまったく理解できなかった。

そのころ、実家は事業に失敗し、家を売った。半分だけ残った土地にアパ

ートを建て、その家賃収入で質素な生活をしていた。

これまで婦人服の仕立てに力をそそいできた母は、家を処分して小さな平屋の借家住まいとなったが、めげることなく、日本橋の会社へ毎日働きに出た。

一方、父はといえば、まだ四十代半ばだというのに、「オレの人生はもう終わった」と言って毎日ぼんやりとした顔をしていた。掃除や洗濯、食事の後の洗い物は父の仕事になり、それがひととおり終わるとタバコを吸い、夕方まで新聞を隅から隅まで読んでいた。新聞の連載小説を切り取り、子どもの使いかけのノートに綺麗に貼り、それをまた繰り返し読んでいた。

父の所持金はタバコ代だけだった。「倹約」「節約」が口ぐせで、新聞にさし込まれた広告のチラシの裏が白いものだと大事に保管していた。外に出るとお金がかかるので、休日でも一歩もどこかへ出かけることはなかった。そんな父の姿をうっとうしく思うのか、兄は学校から帰ると図書館に、休日は山に行っていた。

兄の高校は生徒の自主性を伸ばす方針なのか、学業だけではなく文化祭も派手なものであった。文化祭に行ってみると、山岳部は校庭に大・小のテン

トを張り、豚汁の炊き出しをし、通る人にふるまっていた。マットを敷き、寝袋に入って本を読んでいる部員や、ザイルやピッケルを手にうろついている部員もいたりと和気あいあいとした雰囲気だった。

ベニア板のパネルが立てられ、そこには山の写真が展示されていた。ゆっくり見ていくと、兄の写っている写真も何枚かあった。夏なのにどっさりと雪が残る穂高の風景の中で、ピッケルを手にハンチングを被り屈託のない笑顔の兄がいた。学業に山登りにと、兄は高校生活を満喫している様子であった。

その一方で別な兄の素顔を見た。

ある教室に入ると、そこには赤い旗が立ち並んでいた。

「砂川基地反対闘争に勝利しよう」

「米軍は沖縄全島から完全撤退」

という立て看板がずらりと並んでいた。兄は先輩たちに、

「秋には砂川のデモに行きます」

と握手をしていた。

兄は不正を憎む性格で、原爆を日本に落としたアメリカを敵視していた。

文化祭の帰り道、兄は熱心に、「日本はアメリカを当てにするのではなく、

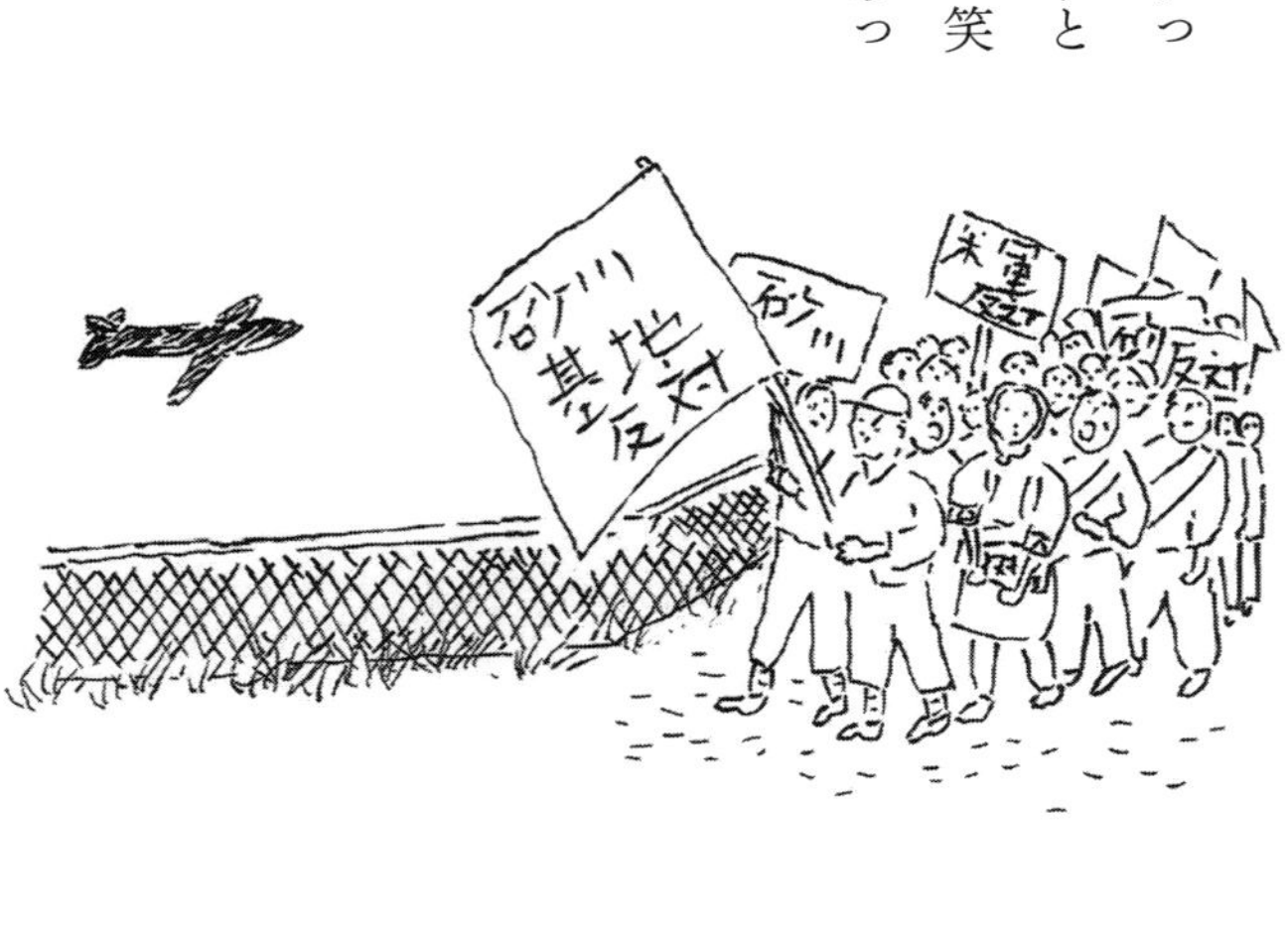

真の自主独立を目指すべきだ。アメリカの保護や干渉から、一日でも早く独立を目指すべきだ」

と言った。

兄のノートを見てつくづく感心するのは、誤字や書き直しがまったくないことだ。誰でも一度書いたものをケシゴムで消したり、棒線を引き、書き改めるものだが、そういう訂正がまるでない。たまに英語のノートを見せてくれた時、そのスペルの正確無比の美しさに驚くものがあった。一方練習ノートはきっちりと最後のページまで使い無駄なところはなかった。

兄の一つ年上の姉も優秀で都立の高校に通っていたが、字がきれいであった。母の字に似ていた。

姉と兄はいつも仲が良く、狭い部屋で夜おそくまで二人で勉強していた。

「十二時前に寝るヤツは希望の大学には入れない」と、兄は山に行く時も小さな単語帳を持っていった。

あるとき兄に、

「なんでそんなに勉強するの」

と訊いた。するとしばらく返事がなく、

「まぁ、その、うーん」と言ったきり黙ってしまった。その後に、

「勉強することは辛いことも、楽しいこともあるからね。山登りと似ている」

と少し偉そうに言った。

二年生の夏山合宿は穂高で行われた。兄は合宿中に体調を崩し、「山で遭難した」と山岳警備隊から電話が入った。翌日、父は慌てて上高地に出発した。

いつもだらけて昼寝ばかりしていた父の、その日の朝はパリッとした白い背広姿に見とれた。アンダーシャツにステテコが父の定番の夏のスタイルだったが、白いパナマ帽に、白いシャツ、そして白の背広。そんな服をいったいどこのタンスに隠していたのだろう。小さなボストンバッグを手に「とりあえず上高地に行ってくる」と父が小さな玄関に立つと、なんとそこには白い革靴まであった。そして母は父に「もしも足りない時に」と白い封筒をそっと渡した。父と母はしばらく無言で眼を合わせてうなずいていた。

中野駅まで父を母と見送りに行くと、「家の手伝いを頼む。二、三日したら戻るから」と改札口でパナマ帽を取って私たちに向かって振った。現地に行ってみると、兄は遭難したわけではなく、縦走中に急性盲腸炎となり、松

本の病院に運ばれ、無事手術も終わったところであった。

父は手土産を抱え、いつもとまったくちがう溌剌とした表情で家に帰ってきた。卓袱台の上には、松本名物の饅頭がならび、兄の病院のことや上高地の風景のすばらしさを興奮したように話し出した。父の表情はいつもは暗く、伏目がちなのに、

「上高地の青い化粧柳の奥に、雪がかぶった穂高が神々しく輝いているんだ。あんな景色をはじめて見た」

そしてボストンバッグの中から白い封筒をとり出し、母に向かって「ありがとう」と小さい声で言った。

兄はあと一週間もすれば退院できると聞き安心し、饅頭や山の絵ハガキを交互に手に取るのだった。

やがて兄は小さなザックを背に元気に帰ってきた。大きなキスリングは仲間が分担して高校の部室に運んでくれていた。

その日の夜、兄は寝る時にそっと、

「手術の時に下の毛を剃られたよ」

と笑って話してくれた。

三年生の夏山合宿が終わった後は、兄は受験勉強に時間を割くようになった。進路のことでは、国立大学に入った姉によく相談していた。姉より勉強ができる兄は、東大は無理そうだと言って、その下のランクの大学を狙っていた。兄の高校からは、毎年百人くらい東大の合格者を出していた。山登りや政治にばかり夢中になっていた兄は、学校の中では真ん中くらいの成績だった。

一方、世間の熱狂的な登山ブームは過熱化した。中でも谷川岳は世界でもっとも遭難事故が多く、「魔の山」と呼ばれ始め、多くの若者が命を落としていった。その原因は、登攀《とうはん》技術の未熟な者が険しい岩壁に挑むところからきていた。

一九五七（昭和三十二）年、岸信介が首相に就任した。岸信介は戦後、A級戦犯容疑者となり、巣鴨プリズンに投獄された人物だが、総理大臣にまで登りつめた権力者であった。

岸政権の使命は、アメリカから押しつけられた憲法の改正と、不平等な安保条約の改正であった。

政府の説明では、日本のためにも必要な改正で、新安保条約をアメリカと調印することによって、日本が他国から攻撃された時に米軍の支援を受けら

れる。また日本国内の米軍基地の攻撃に対して日米共同で対処するといったものだ。これは冷戦に組み込まれた日本の不安定な状態を打破するということが論点であった。

しかし兄は、これでは事実上の日米軍事同盟であり、日本が再び戦争に巻き込まれかねないと猛反発をしていた。

兄は私立の医学部を受験した。今となってはなぜ受験したのか分からなかった。授業料が高く、お金がかかる医学部の学費が支払えるような家庭とは到底思えなかったからだ。どこの医学部も難関であるが、兄はあえて難しい私立大学を受けて、一次、二次と試験を突破した。合格発表の夜は中野の安い飲み屋で仲間と祝杯を上げ、兄は顔を赤くして夜遅くに帰宅した。本当にうれしそうな表情をしていた。

あとは面接試験が残っていたが、兄の受けた医学部は面接で落ちる生徒は、皆無だと言われていた。

だが兄はその面接で落ちた。その二、三日後の夜、酒に酔い、どこかで吐いてきたのか、青白い顔をして玄関に入ってきた。靴を脱ぐのももどかしいようで、

「洗面器を持ってきてくれ」

と言い、口を押さえた。タオルと洗面器を置くと、もう吐くものがないのか、嗚咽するように涙を流し、呻き声をあげた。

「きっと落ちた原因は面接の時に、政治的なことを言うからよ」

その姿を見た姉は冷たく言い放った。

兄はそれまで先輩たちと砂川闘争のデモに時々出かけていた。そして日本共産党のチラシや新聞をよく手にして帰ってきた。そんな弟の姿を見た姉は、「政治活動は大学に入ってからにしたら」とうるさく諭していたのだった。

「面接の時に自分の意見を言って何が悪い」

「今は政治的に不安定な時だから、もっと要領よく答えておけばいいのよ」

兄は頭を框にこするように倒れ、父が「どうした」と体を引きずり上げて狭い居間の布団に寝かした。

朝起きてみると兄の姿はなく、中学校に行く時の肩掛けカバンの上に、「昨夜は面倒をかけてすまん」と丁寧な字で書かれた置き手紙があった。

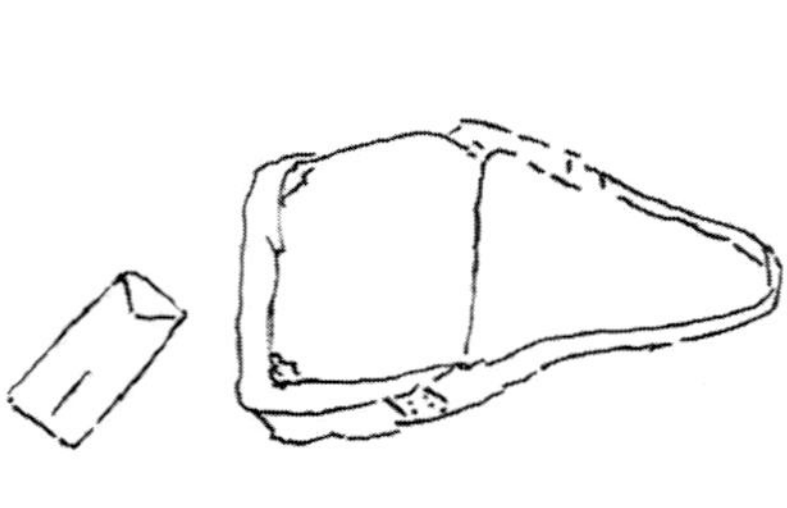

一九六〇年安保闘争

一九六〇（昭和三十五）年に私は千葉市立の高校に入学した。千葉市の人口増加によって、にわかに新設された高校で、一年先輩の生徒しかまだいなかった。

都内の中野から千葉市に引っ越した理由は、父の簿記を生かした職場が見つかったことと、姉の通う大学への通学に便利、さらに同じ家賃で四倍の広さの家に移れることであった。

ただし兄は神奈川県の大学に入ったので寮生活になり、千葉の家には三ヶ月に一度くらいしか顔を出さなかった。

入学した高校は、校舎も校庭も満足に確保されておらず、体育の授業の時は隣接している中学校の校庭を借りていた。

元は旧陸軍高射学校の敷地で、あたり一面に麦畑が広がり、丘の上にはいくつも防空壕の跡があった。校舎は、老朽化した木造で、かすかに薬品の匂

いがしている教室もあった。

先輩たちから夜になると、亡くなった軍人の亡霊が出ると脅かされていた。二学年しか生徒がいないので、上下の隔たりはなく仲良く交流し、いざこざはなかった。

入った美術クラブの先輩の影響で、美術や文学、音楽の面白さを知った。その後の自分が将来進むべき方向が明確になった時期でもあった。

一九六〇年といえば、安保条約改定阻止運動が高まり、兄は毎週のように国会前で大学の旗を手にデモに参加していた。

一月十六日、新しい安保条約調印式に出席する岸首相と藤山愛一郎外務大臣と石井光次郎全権ら一行がアメリカに出発する日に、羽田で全権団の出発を妨げようとした全学連の学生と警官隊らが激しく衝突し、七十八人が検挙された。そういったニュースがテレビや新聞で報道されると、母はいつも兄のことを心配していた。

一月十九日、日米安全保障条約は改定され、新たに「日本国とアメリカ合衆国との間の相互協力及び安全保障条約」（新安保条約）がワシントンで調印された。五月二十日に、野党を力で排除して新安保条約が衆議院で強行採決で可決された。

　この強行採決に反対する運動は前年より徐々に数を増やしていき、五月十四日には十万人規模のデモ行進が国会を取囲んだ。

　そして六月十五日、全学連四千人が国会構内に突入した。そのデモ隊に警官隊、右翼が襲いかかり、揉み合う乱闘の中で東大生の樺美智子さんが亡くなった。

　朝から夜まで流れるニュースに、母は青ざめたような顔で兄のことを、

「あそこにいたら……」

とつぶやくように言った。兄は、日本共産党の指導下にある青年組織の日本民主青年同盟（民青）に高校時代から入っていた。

「お母さん、共産党の民青は、暴れる全学連とは違って平和なデモだから平気よ」

と姉は言った。千葉の姉の大学では安保改定阻止の反対運動はそれほど盛り上がらず、むしろ教授がデモに行くようにと逆にけしかけていたという。

　千葉市内とは違い都内では約八千の商店が安保改定阻止の閉店ストを実施していた。六月十八日、安保自然承認の前日は、都内の反対デモはピークに達し、三十三万人が国会を取囲んだ。A級戦犯と言ってもおかしくない岸首

相とアメリカへの憎悪が入り混じったデモ行進であった。

まだ高校一年生の私にとって、全学連という組織がどういうものなのかよく分かっていなかった。兄は、機動隊と揉み合い、暴れ、秩序をみだす全学連の、主流派と呼ばれる連中を見下していた。全学連とは「全日本学生自治会総連合」の略称だとあとで知ったが、なぜ同じ組織にいる学生が、安保に反対する立場は同じなのに、主流派と反主流派とで互いに憎み合い、二手に分かれてデモに行くのか。その行動が高校生の自分には理解できなかった。

兄は安保改定によって日本はアメリカの軍事基地になるといい、共産党の主張する反戦平和、民主主義的なデモで世の中を変えていくという考えに共鳴していた。家に時折ふらっと帰ってくると、大きなリュックの中から、民青のビラや共産党の機関紙「赤旗」を私の机の上に置いていくのであった。

強行採決された新日米安保条約は、一ヶ月後の六月十九日午前〇時、手続上自然成立となった。

挫折した全学連の主流派の学生たちが、この頃に好んで口にした歌は西田佐知子の「アカシアの雨がやむとき」であった。六月の梅雨の時期、この歌はデモの解散とぴったりと重なりあうようだった。

兄はそんな主流派の連中を「感傷的なやつらだ」と吐き捨てるように言っ

た。というのも、主流派は民青のゆるやかなデモを散々あざけ笑い、ことあるごとに「民コロのやつらは歌って踊ってなにが革命か」と非難していたからだ。

私はそんな兄とは反対に、ひっそりとしたおとなしい美術クラブに所属していた。休日になると海の埋め立て工事や橋の絵を水彩具で描いて満足していた。そして毎夜遅くまで小説を読んでいた。

人間の弱い部分を書いていた太宰治に引かれていったのもこの頃であった。太宰と似た系列の作家のものばかりを読んでいるうちに、自分は集団生活や組織に所属することが合わない性格の人間だと認識した。しだいに学校も無断欠席して、市内の図書館や日帰りで山登りに出かけるようになっていった。

安保闘争の後の一九六二（昭和三十七）年、兄は伊豆七島・新島のミサイルなど誘導武器の発射試験場建設計画の反対運動に参加した。

国が島の用地を買収し、ミサイル試射場を建設することで、反対運動が激化していった。一方、国は道路や船のはしけを整備し、公民館を建てるなど島民の生活の向上をはかった。典型的な飴と鞭の構図である。島は推進派と反対派に分かれ、非難の応酬の泥沼状態となった。反対派の島民とそれを応

援する学生たちとが手を組んだ。

兄は冬にザックを背に、新島に一週間ほど行ったが、北風の強さに震えあがって帰ってきた。その時島の人にもらったというクサヤを私は生まれて初めて口にした。

焼くと独特の強烈な臭いに、家族の者は鼻をつまみ台所から逃げまわったが、兄と私は平然と手でちぎって食べていた。香ばしい潮の味もして、クセになるおいしさであった。その後兄は新島に二度ほどわたり、そのたびにクサヤをお土産に持って帰ってきた。

新島本村議会ではミサイル道路建設施行が可決されたが、地元反対同盟、学生、労働組合オルグ団は毎日坐り込みの反対運動を行っていた。

ある日、兄は「赤旗」を取り出した。「これを見ろ」と言ったそこには、右翼の大物が安保闘争の時に全学連委員長に巨額の資金を提供したという記事があった。にわかに信じることができないニュースである。共産党と袂を分かった新左翼は、この記事は日本共産党（日共）の悪質なデマ、中傷だと反論した。

一九六三（昭和三十八）年二月二十六日、ＴＢＳラジオで放送された「ゆ

がんだ青春　全学連闘士のその後」という番組に、全学連財政部長が出演し、安保闘争資金を右翼からもらっていたと暴露した。

さらに「赤旗」はＣＩＡや公安調査庁につながりをもつ、右翼の大物である田中清玄から全学連が資金を受けていたと煽り立て、これが証拠のテープだと連日のように報道する。

兄は機動隊とのぶつかり合いばかりが目的になった学生運動や、新左翼トロツキストの実体を私に熱っぽく語るのであった。学生の安保闘争を分裂させたのは、暴力をいとわないトロツキスト集団で、なんの反対運動にもなっておらず、今後も彼らを徹底的に排除しなくてはならないと言った。

新左翼側は、こうした日本共産党のデマに近い部分を拡大し、問題をすりかえていくのは「思想的な悪煽動」と反論した。この時の、鬼の首を取ったかのような新左翼側の攻撃は異様とも言え、「トロツキストの正体は右翼の手先」と連日「赤旗」は書き立てた。

日本共産党を宗教的なまでに信奉している兄は、六〇年安保闘争に金字塔を打ち立てた全学連主流派学生を「いかがわしい連中」と切り捨てていた。一方、新左翼側は、日共に反論もできず打ちのめされ、しだいに沈黙せざるをえなくなっていた。

兄が大学の寮から実家に帰ってきたある日、大量の洗濯物の中に、赤旗記者の募集要項のチラシが入っていた。

高校二年生になった学校帰りのある春の日に、千葉駅で国鉄勤務の労働者が組合の旗をなびかせてストライキ支援のビラを改札口を出ていく人に配っていた。謄写版で刷ったビラを受け取り、肩掛けの白い木綿の通学カバンに入れた。家に着くと、兄が珍しくのんびりした顔をして縁側で犬と日なたぼっこをしていた。

「どうだ？　高校の授業に付いていかれるか」

と訊いてきた。私が勉強もしないで山に登っていることを母に聞き、学力の低下を心配していたのだ。

駅でもらったアジビラを何気なく兄に渡すと、

「反日共系の過激派の連中のビラだな」

といつものいくらか見下した口調で言った。

「千葉動労は激しいからな」

とそのビラを近くにあった竹のゴミ箱に紙飛行機を飛ばすように投げた。

八ヶ岳に行く計画を立てていたので、夕食の時に兄にその相談をしたかっ

たが、「そんなことより勉強に集中しろ」と言われそうで黙っていた。

そして夜に寝床に入る前にトイレに行くと、ゴミ箱に捨てられたアジビラが眼に入ってきたので、それを拾い、布団の下にそっとしまった。

一九六四年に開催される東京オリンピックに向けて、東京は大改造とばかりに道路や鉄道が建設され、街が大きく変貌していくのであった。

千葉駅前栄町

一九六〇（昭和三十五）年の安保闘争が終わると、兄は憑きものが落ちたように学生運動から離れ、また山に行くようになった。山といっても今度はスキーに熱心になるのであった。

宿代を浮かせるようにスキー場から少し離れた場所に、高校時代の山仲間とテントを張って寝袋で過ごしていた。春休みに一度だけ兄のいる八方尾根に慰問したとき、兄は三日間かけて丁寧にスキーの技術を教えてくれた。真っ黒に日焼けした兄の顔は、政治から解き放たれような感じで明るかった。兄の仲間たちは、私の登山道具やただで貰ったスキー板を見て、「これはもう骨董品」と笑った。

毎夜、テントの中での鍋料理で、兄たちは日本酒を飲みかわし、スキー談義に夢中であった。私は寝袋の上で膝をかかえながら、そんな和やかな顔をする兄の姿をうらやましく見つめていた。

千葉市は海が近いせいか冬になっても温暖で、駘蕩ムードというのだろうか、のどかな町であった。美術クラブの先輩にウクレレを習ってからは、学校から帰ってくるとウクレレにしがみつくような生活を送った。初歩的なギターのコードを押さえられるようになると、休日はどっぷりと音楽漬けになるのであった。

テレビが西部劇を流すことが多くなるにつれて、カントリー&ウエスタンのギターの音色に釘付けになった。さらにギター熱に火を付けたのは、美術クラブの先輩の女子生徒が、「兄が残していったスティールギターがあるので使っていいよ」と言ったことだった。

六弦のスティールギターと小型のアンプを借りたのは良いが、一人ではまったく手におえない代物であった。左手に鉄のバーを持ち、右手に琴の爪のようなピックを付けて弦をはじくのだが、ギターと違って弦を直接触ることができないもどかしさに、自分には到底無理だと思いやめてしまった。

そんなある日、市内の大手楽器店にぶらりと行くと、ハワイアンバンドが演奏をしていた。「珊瑚礁の彼方」というスティールギターの演奏にうっとりと聞き惚れてしまった。

休憩の時、白い花のレイをかけたスティール奏者に思いきって話しかけると、「なんでも聞いてください」と椅子を差し出してくれた。基本的なことを紙に書いてくれ、「これがコツだよ」とピックで弦をはじく仕草を眼の前で実演してくれた。

その夜からスティールギターの練習に明け暮れ、ウクレレを持っている高校の先輩の家で「アロハ・オエ」などのハワイ民謡がいつのまにか演奏できるようになった。ウクレレやギターの和音を知っていたので、自己流ながらもできる曲目がしだいに増えていった。

その頃はラジオから「いつでも夢を」が流れていた。高校生は恋にあこがれるのか、恋人がいないのに男同士でデュエットしていた。

橋幸夫と吉永小百合は囁くように歌っていたが、夢のない自分のような高校生は絶叫するように歌っていた。

ある春の夕方、楽器店を覗いた帰りに、友人と千葉駅前の栄町をふらついていた。

栄町は夜になると治安が悪くなる通りで有名だった。一歩裏通りには、黒いスーツ姿の男たちが、赤いネオンが灯る店の前でとぐろを巻いていた。

そんな通りを、客引きの呼び声に負けないように、同級生と二人して大声で「いつでも夢を」をがなりたてるように歌いながら歩いていた。

すると店の前に立っていたキャバレー「フロリダ」のボーイに、

「オイ、お前たち、そんなバカでかい声をあげて店の前を通るな」

「邪魔だ。ちょっとこっちに来い」

と因縁をつけられ、強引に腕を摑まれた。そして二人とも店の裏口にある事務所に連れ込まれてしまった。その男たちの迫力に、恐怖で脚がかすかに震えた。

事務所と店を仕切る親分なのか、ひとりの男がのっそりと現れ、

「お前たち高校生か」

と低い声で訊かれた。小柄ながら上下真っ白のスーツに、黒いネクタイの威圧的な五十代くらいの男であった。

友人とひたすら頭を下げ、背を丸めて小さくなっていた。

すると事務所のガラス窓から薄暗い客席が見えた。まだ開店前なのか人影もなくガランとしていた。この窓に黒いカーテンがあるのは、揉めごとがある時はここから覗くためで、用心棒たちが出ていき、収束をはかるためだろう。

「オイ、お前たち、暇なら今日はここでアルバイトをしていけ」

親分は黒いソファの上にどっしりと脚を乗せた。

「はい……」

震えながらうなずくだけであった。

親分が口にした日当のアルバイト代は破格だった。たった四時間働くだけで海岸の工事現場の金額と同等のアルバイト代がもらえるのである。仕事の内容は、三階の物置き小屋にあるガラクタの片付けだった。

細い階段を三階まで昇り、屋上にあがると、いかにも違法建築といった四帖ほどの軽量鉄骨の小屋があった。その小屋は、隣のビルから見えないよう、隠れるようにして建てられていた。親分が小屋を開けると、湿り気を含んだ淀んだ空気が流れてきた。壊れた椅子がびっしりと隙き間がないほど置かれ、「踊ってフロリダ」「浮かれ一夜」などと書かれた看板が詰め込まれるようにして置かれていた。

「店に新しい踊り子が入るので、ここをダンサーの控え室にしたいんだ」

と親分は葉巻の煙をくゆらせた。

「この荷物をすべて通りの向こうにある公園の近くのゴミ捨て場に捨ててくれ」

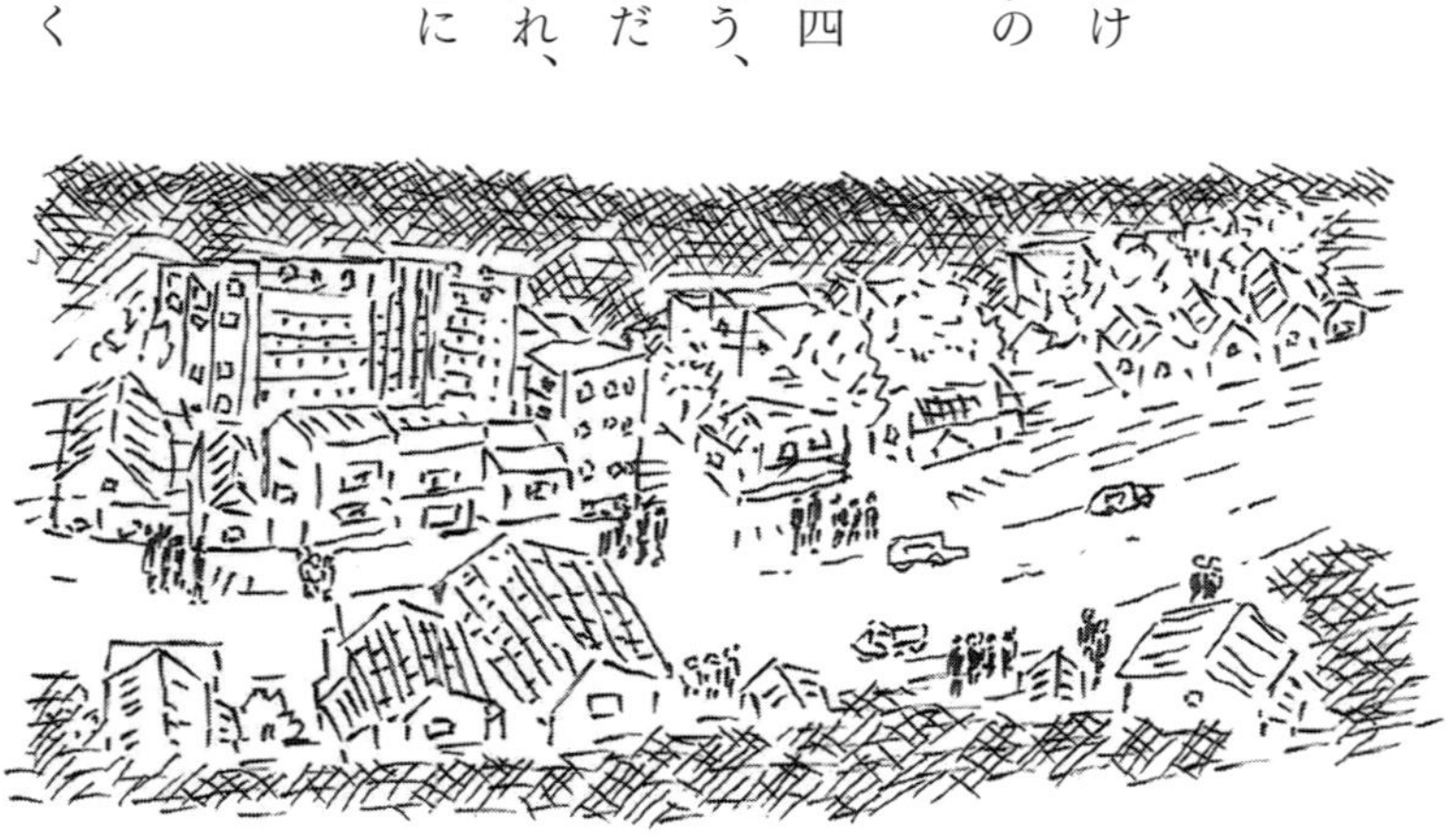

「わかりました」

親分はワニ革の大きな財布からお札を出すと、前払いでアルバイト代をくれた。「逃げたらどんなことが待っているか、お前たちわかっているな」という暗黙の脅しのようにも思えた。

椅子ひとつ片づけるにも、狭い階段を使って下ろすのはひと苦労だった。店が開店したのか、下の方から竹久夢二が作詞した有名な歌「宵待草」のせつないレコードの音が何度も聴こえてきた。

どうやってこんな大きな看板を上まで運び入れられたのかと首をひねりたくなるくらいのものを、まず店の裏に置き、人通りの多い道路をコソコソと横切って公園近くに運ぶのだった。

夜間はゴミ捨て場に公園の監視員がいない分、パトロール中の警官に見つかったら停学か退学は免れないことだった。

キャバレーの小屋の中には、香水をたっぷり吸い込んだ赤いドレスや赤い靴下、片足だけのハイヒールといった怪しいものがたくさんあった。

店の裏からゴミ捨て場まで行くのに、辺りの様子をうかがうように荷物を運んでいる自分たちを、我々に因縁をつけたボーイは指をさして笑っていた。

何度もゴミ捨てで往復していると汗びっしょりになり、セーターを脱いだ。

「あと少し、あと四回」と声を掛け合い励ましあった。

最初のうちは親分にひとつひとつ捨てるものを訊いていたが、とにかく早く片づけろと言われ、細かいチラシや売上ノートもひとまとめにして紙袋に詰めた。そして警官に見つからないうちにゴミ捨て場に急ぐのであった。

時どき親分が体を揺らしながら小屋を覗き、

「オーッ、お前ら、素直によく働くなあ。今度新しい店が開店するから、掃除のバイトに来いや」

と上機嫌に笑うのだった。

「あっ、スティールがある！」

最後に大きな薄汚れたクリスマス用の看板をどかすと、なんとその奥の角にスティールギターがポツンと置かれていた。それも憧れていたアメリカのフェンダー製のスティールであった。

「こりゃあすごい」

興奮して手に持つと、弦はすっかり錆びていたが、まさしく本物である。カタログでしか見たことのないものなのでずっしりと重い。まるで宝物を見つけたように心が震えた。

このスティールは捨てたものではなさそうだった。プロの演奏者がほんの

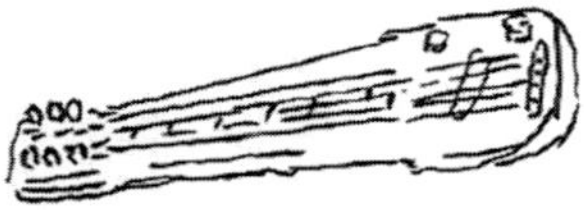

ちょっとどこかに立て掛け、それを別の人間が小屋まで運び、その後に看板で隠された。行方不明になってしまったギターなのだろう。そうなると演奏者がいくら探しても見つからない。

「これを盗んだらどうなるのだろう」

「元々ゴミなんだから平気だよ」

「スティールギターはゴミじゃないよ」

最後のゴミ袋とスティールギターを手にすると、二人で作戦を練った。着ていたセーターで楽器を覆い、外に運び出すことにした。

しかし、親分に挨拶して帰らなくてはならない。とりあえずセーターとサンドイッチマンが手にする小さな看板でギターを隠し、裏口の奥まで運び、親分のいる事務所に「無事終了しました」と挨拶にいった。

葉巻をくわえた親分は、のっそりと三階までの階段を上がり、すっかり空になった小屋を見渡した。

「素早いな小僧たち、よくやった。チップだ」

と言ってまた財布を開いた。

「ありがとうございました」

一階まで降りて帰ろうとすると、

「オイ、待て。裏にある楽器はどこから持ってきたんだ?」

と睨みを利かした低い声を出した。我々の行動を全て見通していたのだ。親分はセーターに包まれたスティールギターを手に持ち、通せんぼをするように仁王立ちになった。

「このスティールに前から憧れていたのです」

と必死になって訴えた。

「あれは一年前になるか、ハワイアンバンドの連中が楽器がなくなり大騒ぎしたものだ。スティール奏者はアメリカ製の最高級のものだと言っていた」

私はじっと黙って下を向いていた。いつのまにか涙がじわじわと流れてきた。

「小僧、こんな楽器を弾けるのか?」

「はい、ほんの少しです」

やっとコードや音符が読めるようになり、音楽に夢中になっていた時期で、反復記号も演奏のアドリブの仕上がりも理解しはじめたころであった。

しばらく沈黙していた親分は静かに、

「この楽器がほしいか?」

「はい」

と大きな声で返事をすると、親分は手でこちらの勢いを制止するように、

「ちょっと待ってろ」

そう言って一度事務所に戻り、重厚なギターケースを手にしてきた。

「女じゃあるまいし、裸じゃ歩けんだろう。この箱も持っていきな」

とニヤリと笑った。本場の楽器はケースひとつにしても重厚で、手にするとずっしりと重い。ケースに楽器を入れてパチンパチンと留め金を掛けた音さえも音色が違う。

「ごくろうさん。早く家に帰って楽器を抱いてやりな」

親分は手を振った。

ネオンですっかり賑やかになった栄町を、嬉しさのあまりふわふわと夢心地で歩いていた。心の中で「いつでも夢を」の曲がリフレインしていた。

東京オリンピックの空

一九六四（昭和三十九）年の東京は、高速道路の整備や地下鉄の建設、高層ホテルの完成と怒濤の工事地獄であった。「とにかくオリンピックまで」と都民はさまざまな面で我慢をさせられていた。

オフィスビルも新築ブームに入っており、その工事と共に電気、ガス、水道、電話の整備が行われていた。とりわけ駅前はいたるところに穴ぼこが掘られ、その上に鉄板が渡されて、雨の日などもしここで転倒でもしたらと思うと不安で、歩くのにも慎重にならざるをえなかった。

東京の中心部では、ダンプカーが暴走するかのように、土砂をこぼしながら走り、ブルドーザーやクレーン車は深夜まで稼働していた。なによりも早朝からの杭打ち機の大音響に都民は悩まされた。東京では土埃に騒音、排気ガスが酷く、マスクが必携だった。それまで、ゴミ収集に使われていた木製のゴミ箱が、青く丸いポリバケツに変わった。定期的にゴミの収集車が来る

ようになり、地域から悪臭が減っていった。

都内に流れている大きな川は、下水道の整備と共にどこも蓋をされ、その上に高速道路が造られ、暗渠や公園、遊歩道になった。

わが家は、そのオリンピックの川の整備で偶然にも恩恵を受けた。というのは父親の友人である不動産仲間から、「格安の売り家があるが、どうだろうか」と相談が来たのだった。そのころは千葉に借地で住んでいたが、もといた中野駅の南口の近くに、その物件があった。大雨のために氾濫を繰り返す桃園川の整備工事がオリンピックに合わせてはじまった。底を掘り下げ、川幅を広げ蓋をし、遊歩道にする計画が持ち上がっていた。川の工事のために土地を削られた住民が補償金を受け取り移転していった。そして残った中古の家が何軒か安く売りに出されていたのだ。

父は慎重に不動産の書類を審査した。そして、千葉からふたたび中野に移転したのはオリンピックの前の年であった。引っ越したのは良いが、案の定、川底を掘り蓋を覆いかぶせる工事が続いていた。夕方になって騒音や振動が終わり辺りが静まると、遠くの公園から子どもたちの声が聞こえてくるのだった。

遊び呆けていた私は、一年浪人し、代々木の予備校に通った。翌年なんと

か市ヶ谷の私立大学に入った。

浪人時代は代々木から新宿まで歩き、歌舞伎町にある「ラ・セーヌ」というライブハウスによく通った。目当てのカントリーバンドの演奏をアイスコーヒー一杯でねばって聴いていた。当時、普通の喫茶店のコーヒーの値段は五十円前後だったが、ジャズ喫茶やライブハウスとなるとその六倍の三百円は取られた。

カントリーミュージックは、戦後、進駐軍が持ち込んだ音楽である。日本で人気を得た理由は、単純なコードとリズムであった。それはアメリカの自然の風景と、物が豊富な世界を想像させてくれた。それまで耳にしたことのないエレキギターやベース、スティールギターの音色があった。アメリカの音楽は、カントリー音楽がすべてを物語っていた。バンジョーやマンドリンといった楽器にも新鮮で魅了されるものがあった。

神田にあるカワセ楽器には、そんな魅力ある楽器がガラスケースにずらりと並び、プロの連中がいつも店内で楽器談義をしていた。彼らは、エレキギターやスティールギターの教室を開いており、私もここで基礎から学ぶことにした。ウクレレやギターを触っていたので、コードや歌に絡むギターのリフや、反復フレーズはわりと苦労なく簡単に習得できた。

ある時カワセ楽器に遊びに来ていた上智大学を卒業したプロの歌手が、「トラでいいからスティールを弾ける人を募集している」と店の人と話していた。「トラ」とはエキストラの略である。それならと店の人の推薦でセミプロの「カントリーエース」というバンドに入ることになった。

練習場所は大久保にあるダンス教室で、週の半分の昼間は使用されておらず、いくらかしぼった音でバンドは練習をしていた。しかしプロにいたことのある連中と合わせて弾くことは、私の腕ではすぐさま挫折するのだった。リーダーのエレキギターの人から、「トラだからコードだけ流しておけばいい」と言われたが、レコードからの音を拾うことができない上に音符を読むのにも時間がかかり、練習に行くたびに悪夢を見ているようだった。

カントリーエースは、ミュージシャン崩れというのか、ひと癖もふた癖もある人間の寄せ集めのようなバンドであった。したがってメンバーは常に出入りが多く、落ち着きがなかった。彼らは米軍の横田基地や主に六本木や渋谷のライブハウスで演奏をしていた。

電気楽器を扱うには、アンプ類も運ぶ必要があり、車の免許を持っていないと楽器を運ぶのが大変なので、大学の授業の合間に自動車教習所に通っていた。こういう生活が続くと当然のことながら次第に学業から離れていくの

であった。

オリンピックを前に都内の道路を整備したのは、モータリーゼーション時代の突入が背景にあった。それまでの細い道路では、自動車の所有台数の増加によって対応しきれなくなった。駐車場も地上に止めるだけではなく、立体駐車場が続々と駅前に登場した。

また都市型犯罪といわれる、声や似顔絵などで公開捜査する事件も発生するようになった。吉展《よしのぶ》ちゃん誘拐事件が有名である。当時「戦後最大の誘拐事件」といわれたこの事件が発生した一九六三（昭和三十八）年は、十一月にケネディ米大統領がダラスで暗殺され、十二月にはプロレスラーの力道山が赤坂で刺殺されるという物騒な年でもあった。

一九六四（昭和三十九）年十月十日、第十八回オリンピックが東京で幕したが、朝から騒いでいるのはテレビだけで、都民は「やっと工事が終わりやれやれ」といった心境であった。

前日まで大雨が降っていた。その雨で、大気中のスモッグや土埃が流れ、開会式の当日の朝は抜けるような青空が広がり、国立競技場の上には鳩が舞っていた。

日本に初めて世界のトップクラスのアスリートが押し寄せた。スポーツに対する日本人の価値観を大きく変えたのは、なによりも国際スポーツの場での女性の活躍を、カラーテレビで間近で見たことだろう。

駅前の街頭テレビの前では、女子体操や女子バレーボール選手の活躍する姿に、背広姿のサラリーマンが釘付けになって見ていた。

オリンピックの後半になると、代々木にある選手村の食堂に、私が参加したカントリーエースが夕方から出演することになった。

ガラスに囲まれた明るい選手村の食堂に入り、オープンキッチンの前にずらりと並べられた料理と飲み物の豊富さに驚いた。

レバーを引っぱるとフレーク状の氷が出てくる製氷機やジューサーにコーヒーマシーンと、生まれて初めて見る物ばかりであった。

レストランはバイキング形式だった。ずらりと並ぶ料理の横には、岩塩が入った透明なミルや胡椒のペッパーミル、レモン絞り器が置かれ、大きな皿やマグカップが並び、何種類ものチーズや色とりどりのピクルス、バターなどが豊富に置かれた光景を一人興奮して見つめていた。

そして、外国の選手たちの背の高さや胸板の厚さに圧倒されるのだった。彼らの白い運動靴の大きさにめまいがするようだった。

私はステージの前の方に座り、演奏準備のためにアンプの調整をしていたが、湯気の立つローストビーフやサーロインステーキの匂いが気になってしかたがなかった。

カントリーのスタンダードといわれる「ユー・アー・マイ・サンシャイン」から演奏をはじめたら、各国の選手が体を左右に揺らし歌い出した。さらに「ジャンバラヤ」「テネシーワルツ」と曲が進むと、アメリカの選手たちは次々と指笛を鳴らすのだった。

バンドの専属女性歌手は予想外の拍手で迎えられて気分が高揚したのか、得意な英語で曲の説明や日本文化の挨拶の仕方を説明し、頭を下げるマネを大袈裟にした。

アメリカ民謡の「谷間の灯ともし頃」や「モリー・ダーリン」と進むと食堂の中は大合唱となった。

休憩時間に楽屋で、炭火焼きのローストビーフを食べた時はその味に深く感激した。

「こんなおいしい肉ははじめてです」

とベースの人に言うと、

「本当だよ。ここはアメリカなんだよな」

ここではどんな料理にも輪切りのレモンが付き、マスタードやクレソン、西洋ワサビが添えられていた。

缶入りのバドワイザーやハイネケンというビールもここで初めて眼にした。意外なことに、選手たちはアルコール類にはほとんど手を伸ばさなかった。ウイスキーやワインの瓶も並んでいたが、せいぜい小瓶のビールをラッパ飲みしているぐらいであった。

二部のステージに備えてチューニングをしていると、

「フェンダーのスティールギターだな」

背の高いアメリカ人が強く握手を求めてきた。

「何の競技の選手ですか」

と訊くと、彼は手で泳ぐマネをして、

「水泳のマネージャーだよ」

とにっこり笑い、「テネシーワルツ」をリクエストされた。

この年には、三波春夫の「東京五輪音頭」と都はるみの「アンコ椿は恋の花」が流行した。

オリンピックが閉幕すると、東京の街は気が抜けたように静かになった。

そしてカントリーエースには、翌年の三月に沖縄での演奏旅行の計画が持ち上がった。沖縄に入るにはパスポート（当時の総理府が発行する身分証明書）やイエローカード（予防接種証明）が必要だった。

ある日バンドのマネージャーが、「学生運動はしていないよな」と真面目な顔で訊いてきた。沖縄はアメリカ軍の基地も多いので共産主義に染まった本土の者が入ることはできなかった。沖縄に渡る者は思想調査をされるという。沖縄は日本の領土でありながら、琉球政府と米軍が統治していると知り、沖縄の複雑さを知るのであった。

沖縄への旅

東京オリンピックが開催された翌一九六五（昭和四十）年の三月に、カントリーエースのトラ（エキストラ）として沖縄の那覇に三週間滞在した。

パスポート代わりの身分証明書には、薄いボール紙に横書きで大きく「身分証明書」と書かれ、桐の花の紋章の下に「日本政府総理府」とあり、開くと本人の顔写真が貼り付けられていた。

その旅券代わりの身分証明書は数次ではなく、毎回行くたびに申請しなければならなかった。つまりアメリカ側は沖縄への出入りを意図的にさせたくなかったのだ。米国の統治下にあるためドル建て決算で、外貨は本土から五百ドルまでしか持ち出しできなかった。

なお沖縄より本土に近い北の奄美諸島は十二年早い一九五三（昭和二十八）年に本土復帰を果たしていた。サンフランシスコ平和条約発効の翌年であった。

しかし沖縄においてはそうすんなりと本土復帰はできなかった。沖縄に置かれた基地の軍事的重要性を、アメリカ政府はアジアの防衛のためと強く主張し、一歩も譲らなかった。

意外に面倒だったのは、予防接種の検疫証明書だけではなく、アメリカ大使館で入国査証（ビザ）に相当する「入域許可書」を取得することだった。細かい書類の手続きはバンドのマネージャーを通して旅行会社がしてくれたが、手続きには指定された場所に本人が三回は出頭しなくてはならなかった。左翼運動家や沖縄復帰を支援するグループに属している人には入域許可書が最後まで出ないこともあった。バンドマンの中にはこういう煩雑なやりとりにうんざりして、米軍基地で毎日のように仕事があるのに、沖縄行きを断る者もいた。

私が教わっていたスティールプレイヤーが沖縄行きを辞退したのは、横須賀の米軍基地のクラブで酒を飲んで「ヤンキー、ゴーホーム」と叫び、傷害事件を起こしていたからだ。彼の酒癖の悪さはバンド仲間で有名であった。

カントリーバンドが稼ぐために行く基地は、横田飛行場、厚木海軍飛行場、キャンプ座間、横須賀海軍施設などであった。岩国飛行場や佐世保海軍施設と遠出することもあったが、旅費などの経費がかかる割に手にするギャラは

少なかった。

　東京オリンピックを契機として、日本の経済は高度成長へと突き進んでいったが、それとは反対に、カントリーをやっていた先輩連中はロックに鞍替えしたり、生活の安定を求めて楽器店やレコード店、ライブハウス、音楽プロダクション、テレビ業界、観光ビジネスと、三十代を境に楽器を置いて身の振り方を模索しはじめるのだった。


　那覇の国際通りの裏側には、バンドマンや旅芸人御用達の長期滞在型の安ホテルがあり、ここがカントリーエースの寝所であった。細長い三階建てのホテルの部屋はシンプルで、小さな部屋にイスと机とベッドがぽつんとあり、洗面所とシャワーは共同で食堂もなく、実に殺風景なホテルであった。バンドマンには飲んだくれの連中が多いので外食する方が気楽で良いのだった。玄関口に大きな魔よけのシーサーの焼き物が置いてあるのが不釣り合いに見えた。

　部屋に入り、手にしてきた重いスティールギターと生活用具が入ったザックを下ろし、しばらくベッドの上で横になった。小さな窓ガラスにはヤモリがピタリとくっつき、身動きもしない。せめてもの慰めは一人部屋というこ

とだ。けなげにも持ってきたのは、気休めの何冊かの小説と、沖縄の風景を旅の思い出に描くためのスケッチ帳だった。スケッチ帳は心の拠り所になるはずだった。

とりあえず那覇一番の観光地、国際通りを散歩することにした。どの建物も同じように四角い白いコンクリート造りの建物で、看板には大きく英語や真っ赤なハイビスカスが描かれ、異国情緒の気分を盛り上げてくれた。

通りの両側には、ビルの上まで伸びたヤシの葉が風で揺れている。ピンク色に染まった夕暮れの空を見上げると南の島に来たという実感が体を包んだ。道路を走る車はアメリカと同じように右側通行で走っている。路地を入ったところにある小さな郵便局に行き、友だちに出す絵ハガキ用の切手を買うと、「三セント」「琉球郵便」と書かれていた。沖縄は、アメリカと琉球政府がチャンポンになった場所なのかと、切手一つにも奇妙な感覚を覚えた。通りの至る所に両替所があり、観光客らしき数人の日本人が日本円をドルに両替していた。

兄から餞別にと一万円をもらっていたので、アメリカ製品を売っている雑貨屋を覗くと、ライターや万年筆、香水など洒落たデザインの商品がガラスケースの中に飾られていた。兄へのお土産にとパーカーの万年筆を買うと、十

五ドル、日本円に換算すると五千円で、本土で買うのとほとんど変わらなかった。

ステーキ屋と米軍宿舎で使った家具を扱う店と隣り合うようにして、巨大な倉庫のような米軍放出品のミリタリーショップがあった。ここには本当に興奮した。上野のアメ屋横丁とは雲泥の差であった。巨大な土地を所有している嘉手納飛行場があるだけに、航空隊のフライトジャケットが山のようにひとかたまりにあるのだ。胸に銀色の線が二本光るそのジャケットが目に留まった。アメ横に出回っているジャケットとはちがい、腰の下まである長めのデザインは初めて見る形であった。手を伸ばして服に触ると、かすかに葉巻の匂いがするのだった。つい数日前まで誰かが着ていたような生々しさがあった。しかし定価が二十五ドルと高く、手が出なかった。もし帰りにドルが残っていたら買おうと思った。

この店には航空用のヘルメットやサングラス、マフラー、ブーツだけでなく、店の奥にはパラシュートまで展示されていた。銃以外なんでも揃っているような怪しい店であった。

棚からぶら下がるようにカーキ色のバッグがあった。店の主人いわく、ピストルや弾丸を入れ、肩からたすきがけにして使うバッグだという。このバ

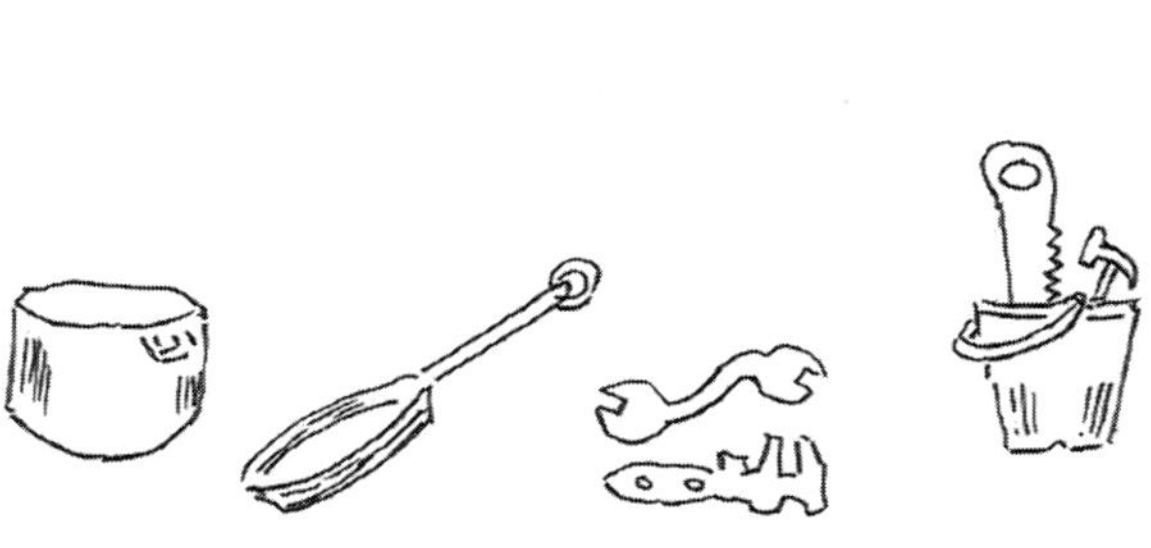

ッグに身分証明書や財布、スケッチブックを入れ、銃弾を入れるところにはエンピツを入れようと考えていると、

「そのバッグを安くしよう」

と店主は言ったが、五ドルである。自分にとって千八百円はかなり高く、沖縄ソバが五十円で食べられるなどと考えながらしばらく迷っていた。すると店主が、

「兄さん、三ドルでどうだ」

と言ってきた。千円を少し超す値段だが沖縄の記念にと思いきって買うことにした。そして妹へのプレゼントにと赤いサンゴのネックレスを買った。

買ったバッグを手に取り、沖縄民謡の三線が流れる琉球伝統工芸の看板が掲げられている店に入った。店の中には、酒を入れる、くの字形になっている中国の赤絵技法が見事な陶器があった。「やちむん」と呼ばれるその陶器の造型のバランスの良さに感心させられた。沖縄は琉球王朝の時代から海を通して中国、台湾、さらにタイ、フィリピンと絶え間なく交流をしてきた。飾ってある焼き物がそのことを如実に物語っている。

最初のバンドの音出しは、那覇空港近くのライブハウスであった。まるで

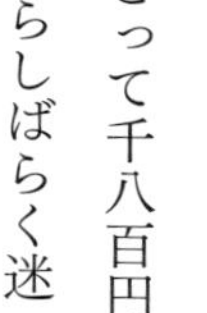

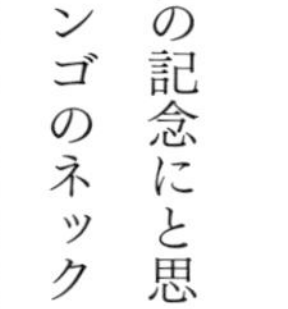

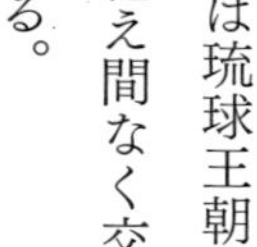

西部開拓時代そのままの酒場の造りで、木製の両開きのドアを開けると、ダンスが踊れる広いスペースがあり、その奥に一段高いステージがあった。タバコとウイスキー、ビール、コーラの匂いの混じり合った何ともいえない空気に包まれる。これが戦場に行ったアメリカ兵の強烈な体臭なのか、その匂いが壁や床、テーブルといたるところに染み付いているようであった。

夜の八時から演奏が始まった。平日のためか客は日本人とアメリカ人の数人であった。

私は全く知らされていなかったが、基地の近くで働いているドリーという若いテキサスから来た金髪の女性が歌手としてカントリーエースに入っていた。何曲か合わせると、彼女の声には伸びがあり、音程も正確であった。バラの刺繍が施された真白いシャツに赤いフレアスカートというファッションにも色気があった。

私の未熟さが露呈したのは、「ケンタッキーワルツ」を歌う時だった。いつもの男性歌手とは音程が違うので慣れておらず、導入部のイントロで、スティールを弾く手が止まってしまった。

「どうした？」

エレキギターから小さな低い声がかかり、彼がイントロの音出しをした。

エンディングが終わると、彼は大きく舌打ちして、

「やる気があるのか！」

と足で床をドンと踏み鳴らした。いつもは馴れた曲目なのに、ドリーが歌うとすべて高めの音程になり、そのたびにスティールを弾く私はもたつき、エレキギターの人に「トラよりブタの使えないやつ」と罵声を浴びせられた。ドリーが来ることを前もって知っていれば少しは練習をしていたのに、いきなりのぶっつけ本番となり、最後まで頭が真っ白な状態になってしまったのだ。休憩時間になるとベースの人から、

「まだプロじゃないからね」

と慰められたが、ドリーの曲を譜面に写している時、しおれていた。そしてテンガロンハットをかぶった若いアメリカ人が、ヤシの実にレコード針を入れた自作のマラカスでひとり首を振りながら音楽を楽しんでいる姿をぼんやりと見つめていた。

ラストステージは十一時であった。演奏は終了したが、メンバーはこれからゆっくり飲んでから帰るというので、私は楽器を片付け、店の前に止まっているタクシーに乗ってホテルまで帰った。トランクを開け、黒い楽器ケースを入れるのを見ていた運転手は、

「バンドマン？」

と訊ねてきた。

「いいえ、楽器を運ぶバンドボーイです」

と言葉を濁した。

「ご苦労さん」

と笑っていた。タクシーの料金は一ドルであった。那覇市内はどこに行っても一ドル前後だと運転手は言ってトランクから楽器を下ろすのを手伝ってくれた。部屋に入るとヤモリがまだ壁に張り付いていた。

羽田闘争

私が入学した大学は市ヶ谷と飯田橋の、ちょうど真ん中に校舎が建っていた。市ヶ谷駅から外堀の土手を歩いてなんの悩みもなく通学していた。天気のいい日は土手のベンチで授業を忘れて小説を読みあさったりしていた。

土手は車が通らず、春は桜が舞い、満開の桜吹雪の道となる。東京の中でももっとも美しく、絵になる風景で桜の季節は多くのカメラマンが土手の歩道に三脚を立てている。ここは中央線の中でも一番視界が開けた明るい散歩道でもある。

土手の下には中央線が走り、対岸には釣りのできる外堀の水面が白く光っていた。外堀に沿った高台で、都心の雑踏から少し離れ、理想的な敷地に大学は建っていた。

校舎の現代的な建物は大学の建築学科の礎を築いた教授の設計したものである。戦後の民主主義の時代に相応してガラス面を多く使用し、明るい校舎

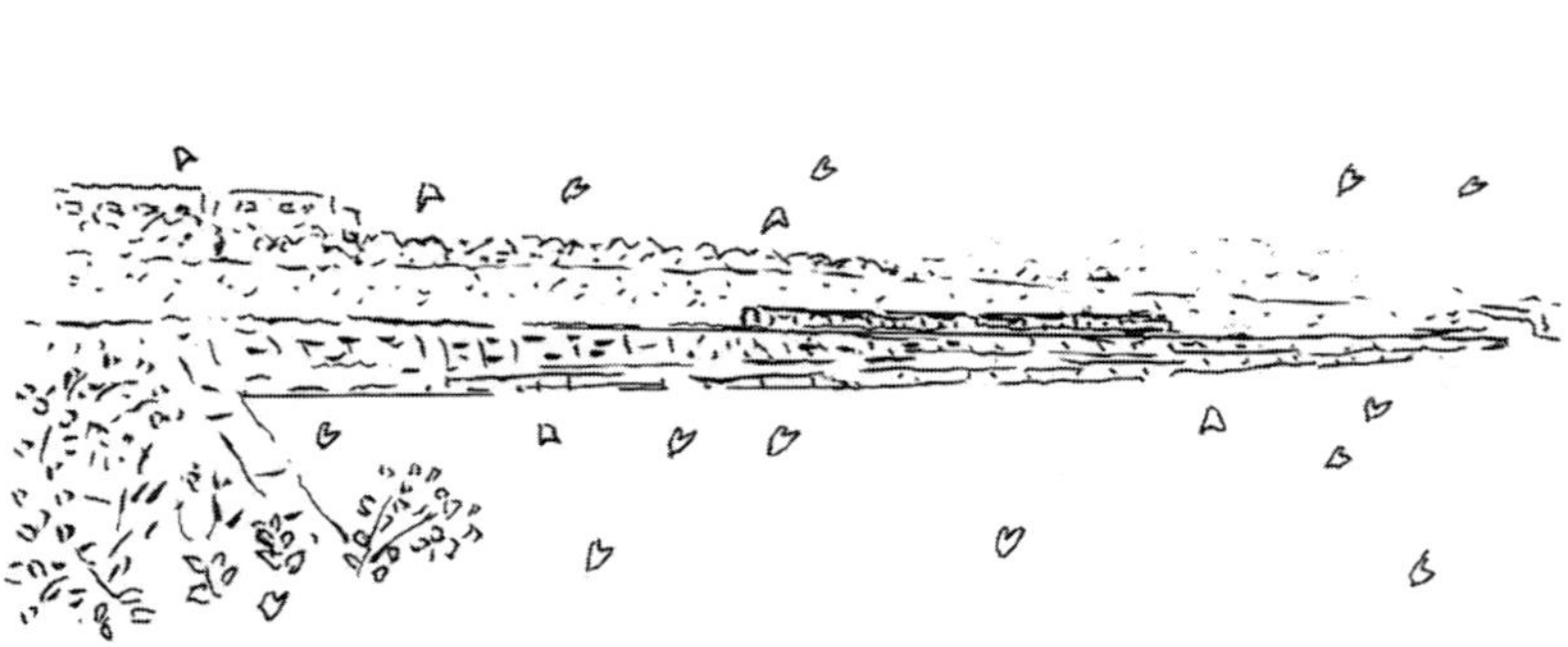

にしたという。障子のような白と黒いガラス面はモダンでもある一方、日本的な建築にも見えた。

しかしそんな近代的な建物の大学の校庭は年々荒れていた。

各学部の自治会はどの党派が取るのか、年中小競り合いが続いていた。立て看板とアジビラが散乱していた。

学生運動の中でももっとも激しい闘争を繰り広げているのは革命的共産主義者同盟（中核派）で、各地で機動隊との衝突を何度も繰り返していた。国家権力の暴力に対して、暴力を行使するのはやむを得ないという路線を貫いていた。

したがって日本共産党系の民青や一般学生とは大きく基本方針がかけ離れていた。

大学は中核派の拠点になっていたために、大きな闘争が始まると全国から動員された大学の旗がなびき、中核派の巣窟のようになっていた。神楽坂の安い旅館は学生運動家幹部の宿泊場でもあった。

一九六七（昭和四十二）年四月の東京都知事選で、美濃部亮吉が当選し、初の革新都知事が誕生した。

革新側が「スモッグで汚れた空に青空を取り戻そう」と言うと、保守側が「都庁に赤旗を立てるな」と反論した。

美濃部は学者でありながら明るくスマートで、テレビ映りも良く、行動力もあった。革新都知事として美濃部は、福祉を重点政策に掲げ、老人医療費の無料化、さらに高齢住民の都営交通無料化、無認可保育所への助成、公営ギャンブルの廃止と、次々に公約を実行していった。中でも歩行者天国の実施はインパクトが大きかった。

私は休日の歩行者天国に意味もなく歓喜した。それまで自動車に占領されていた道路を大手を振って歩けるのだ。

歩行者天国が始まると、新宿の東口から紀伊國屋書店、伊勢丹の前の新宿通りは、休日になると老若男女でごった返すようになった。輪になってダンスをしている者、大きなラジカセを肩から下げてボリュームを上げてただ歩いている若者、アジビラを黙々と通行人に渡している長髪の学生運動家などさまざまな人間がおり、歩行者天国はなんでも許される解放区のような空間に見えて、人々は高揚しながら歩いているように見えた。

美濃部がその後、三期まで都知事を続けられたのは、この歩行者天国という眼に見える業績が大きいと確信している。

日本共産党を盲目的に信じていた兄は、「これで日本は生まれ変わる」「共産党が中心になって革新都政を誕生させたから可能だった」と共産党の機関紙「赤旗」にうなずき、熱心に切り抜いた記事をスクラップブックに貼り付けていた。

狭山丘陵にある多摩湖では、毎年秋に赤旗まつりが行われるが、革新都知事が誕生した時の盛り上がりはまるで日本に革命が起きたような熱い雰囲気に包まれた。青空の下の会場をぐるりと赤い旗が囲み、風に揺れていた。

そしてそのころはかならず夏になると、台東区の山谷《さんや》で暴動が頻発していた。発端はささいなことが多かった。酔っ払いの喧嘩がエスカレートし、マンモス交番への投石や放火といった具合で繰り返された。現場に機動隊が登場すると、彼らは車をひっくり返し、逆に火に油をそそぐように激化していった。さらに中国の文化大革命を日本にも、と全共闘の学生が党派の旗を手に山谷に乗り込み、連夜二千人もの猛者《もさ》たちが渦巻いていた。

一方、新宿には長髪でヒゲを生やし、夏になるとジーンズ姿といったお決まりのファッションで固めた若者たちがいた。自然志向かぶれのアメリカのヒッピーを真似た若者たちだ。彼らは新宿駅東口の緑地帯にゴロゴロしてい

た。毛布にくるまって何日も滞在する者、大麻やシンナーを吸って眼がうつろになりふらふらしている「フーテン」もそこに混じっていた。ここにも新左翼と新宿は時代を写す鏡のように混沌としているように見えた。

ヒッピーも新左翼も口だけは達者ないっぱしの論客といった感じで、大人を相手にひるむことはなかった。私は臆病で、なにも行動に移せない人間なので、深入りすることなく冷笑気味に遠くで見ていた。

ヒッピーはあるがままに生きるというが、新宿の緑地帯が立入禁止になると、共同生活の場を求めて移動した。多摩地方にある米軍ハウスや、八ヶ岳山麓の富士見高原、あるいは南アルプスの麓の大鹿村に土地を借りて掘っ立て小屋を作り、畑仕事を始めるのであった。

十代のころから山歩きをしていた私は八ヶ岳に行った帰りに興味本位でヒッピーのいる富士見高原に寄ったことがある。新聞の記事で読んだ時より、ヒッピーの丸太作りの小屋は立派になっており、本格的に自給自足の生活が地についていた。

リーダーらしき男に声をかけると、見た目はヒゲを生やし、だが強面《こわもて》ではなく眼がやさしく、手作りのイスを差し出し、お茶を出してくれた。小さな赤ん坊を二人も抱え、

「この子はみんなで育てている」

と言った。そしてその男から、

「あるがままに生きるにはそれなりの努力と覚悟がいる。キミのように山登りをしているのは個人的な趣味で、自分たちはもっと暮らしと生活を大切にしている」

と諭された。

ヒッピーの村から歩きながら富士見駅まで下り、自分はフーテンにもなれず、学生運動とも離れ、ただの根無し草のような存在なのだとぼんやり考えていた。


このころから全学連の抗議デモは激しさを増してきた。集会後は決まって中核派が先頭に立ち、機動隊とのぶつかり合いが何度もくりかえされた。十月八日、佐藤栄作首相の南ベトナムを含む東南アジア各国の訪問を阻止しようと、反日共系全学連の学生約二千人が羽田空港周辺で警官隊と激しく衝突した。

羽田闘争の日の空は晴れ上がり、兄はいつもの多摩湖の赤旗まつりに参加していたが、私はこの日、文学部のクラスの仲間三人とデモの後ろについて

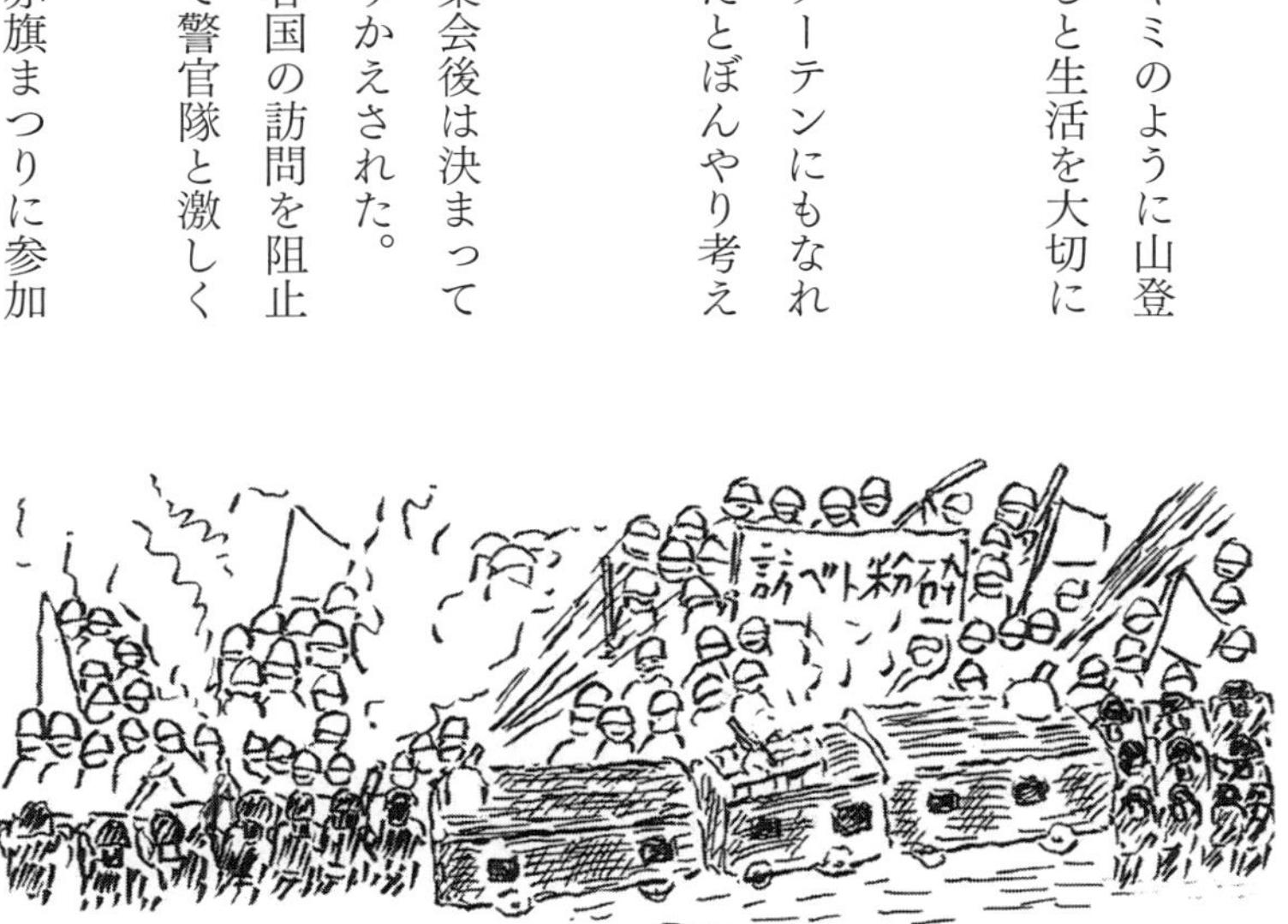

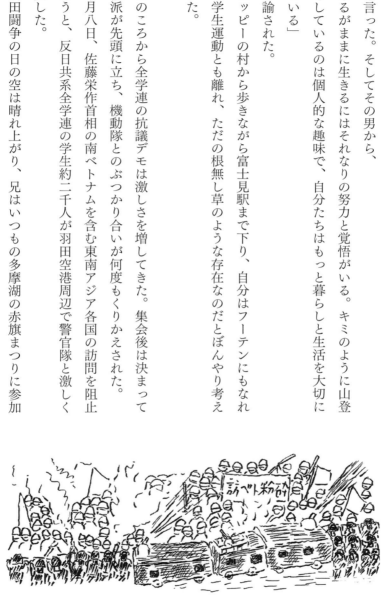

行ったものの、警察車両の放水車からの水を全身に浴び、すごすごとその場を立ち去った。

この第一次羽田闘争から機動隊は催涙ガスを本格的に使った。しかし機動隊の装備もまだ貧弱で、投石を受ける盾も木製であった。軽いジュラルミンの盾に変わったのはこの羽田闘争以後である。警察側は予想もしていなかった暴れる学生の力により被害が広がり、逆に中核派は士気を高めるのであった。

この時機動隊ともみあいになり、京大生一名が亡くなった。

私は羽田で放水を浴びたあと、一緒に行ったクラスの仲間の下宿で服を乾かし、このような時代の中でどう行動したらいいのかと、飲めもしない日本酒を手に埒が明かない話をしてから夜遅く家に戻った。すると兄は「テレビで見たが、羽田で大変なことがあった」といくらか興奮していた。私は疲れていたために黙って布団にもぐりこんだ。

この羽田闘争後、学生の投石を防ぐために、都内は急速に歩道の敷石をやめ、アスファルト舗装やコンクリートに替えられた。そして成田空港建設計画による三里塚のクイ打ち強行反対闘争など、六七年十月の第一次羽田闘争からの七ヶ月間に亘る学生運動は過激さを増し頂点へと盛り上がっていった。

デモの帰りは交番や派出所が興奮した学生らによって次々と放火され、しだいに世間から乖離していくようだった。さらに運動方針をめぐって中核派と早稲田大学に多い革マル派との間で殺し合うような内ゲバが展開し、クラスの中核派の活動家だった友だちの一人は不意に姿を消すかのように故郷の京都に帰っていった。

それまで世間は機動隊の棍棒で殴打される学生をテレビで見て、我が子を見るような思いで同情していたが、激しい内ゲバの報道が繰り返されると、しだいに「学生同士がなにを憎み合っているのだ」と批判的になった。

中核派の溜まり場だった各大学も構内が閉鎖され、試験は無くなり、レポート提出が多くなった。

ある晩秋のからっ風が吹く夕方に、私はコートの襟を立てて高田馬場から早稲田方面の古書店を一軒ずつ覗くように歩いていた。

大学では児童文学ゼミに入っていたので、絵本や岩波少年少女文庫を片っ端から読みあさり、研究書も揃えはじめていた。

何事にも当てはまるが、興味を持った初期のころが一番熱心に本を読みふけるものだ。神保町より早稲田界隈の古本屋の方が値段が安く、店の主人も

学生には親切な気がした。

早稲田の古本屋街を歩き、なにげなく路地を見ると、電柱の陰に故郷の京都に帰ったクラスの友だちが隠れるようにじっと立っていた。一年前までは中核派の戦闘的な活動家だったのに、ローソクの火が消えるようにすっと姿を消した友である。

眼を合わせると、相手は少し身構えるように体をさらに電柱の影に寄せた。

「よう、久しぶり」

と近づき声をかけると、相手は警戒するように、あたりを見回し口元に指を立てて、声を上げるなという仕草をした。

髪は相変わらず長く、上下とも黒っぽい服装だった。そしてその暗い沈んだ眼に、ただならぬ殺気を感じるのであった。背中の、小さいが重そうなザック、手にした大きな紙袋、そこに食べかけの歯形が付いたフランスパンの頭が見えた。かすかに光る折り畳みの鉄パイプも入っており、本格的な内ゲバ戦闘スタイルそのものであった。おそらく早稲田大学の革マル派の動向をこの路地で監視していたのだろう。

私は本を買う予定のお金の一枚を思わずサイフから出して、

「これカンパ」

と渡すと、相手はハッと顔を上げ、

「ありがとう」

と低い声を出した。そして彼は、

「もう消えてくれ」

というように手を振った。あたりはすっかり暗くなり、振り返ると彼の姿はすでになかった。私は彼の底知れない、絶望したような暗い眼がいつまでも頭から離れることはなかった。

一九六九年

一九六九（昭和四十四）年に早稲田大学の近くにある、絵本専門の出版社に入社した。浪人と留年を経験した学生を採用してくれた会社に深く恩を感じた。

社員四人の小さな出版社であったが、社長が絵本に圧倒的な熱意を注ぎ、その情熱の近くにいる人は身震いをするほどであった。

当座の仕事の内容は、本の出荷や倉庫での返本作業を一人でこなすことだった。自分を拾ってくれる会社はどこにもないという劣等感に苛まれていたので、出版社で働くことに生き甲斐と喜びを感じていた。

大学の文学部では児童文学を専攻していた。児童書や絵本を勉強していたが、それは表面的なもので深く読み込む力は欠落していた。しかし会社に入り、編集会議に参加するようになって初めて本作りの底力を垣間見た。働くことは大人の世界に入ることである。なによりも自分の居場所を見つけたこ

とによって、気持ちが穏やかになり安心感が訪れた。

会社の帰りには、日課のようにして早稲田の古本屋街を歩いていた。山岳書や児童書を片っ端から見て、安価な本を購入しては小さなザックに入れていた。北川民次、谷中安規《たになかやすのり》、川上澄生、茂田井武《もたいたけし》といった、いくらか暗い絵が好きであった。そんな画家のさし絵が入った本は迷うことなく手に取り、ページをめくっていた。

神保町の古本屋と比べて、早稲田の街は子どもの本が驚くほど安く、ここでは児童書に興味を持って歩いている客は少なかった。

洋書も注意をして見ていた。東欧やロシアの絵本が棚の奥に隠れるようにあったりして、内容も分からず買っていた。絵本は絵から物語を読み取れるので、字が読めなくてもおおよその話は理解できた。高田馬場の駅前の立ち飲み屋で、静かに戦利品の絵本を開き、コップ酒を飲む時が至福の時間であった。

その前年の十二月に戦後犯罪史上もっとも話題となった三億円強奪事件が発生した。ニセ警官になりすました犯人が、東芝府中工場のボーナス約三億円を奪い取った。一人の怪我人も出ず、逆に新聞では犯人は英雄視される扱

いであった。犯人のモンタージュ写真が交番や新聞、週刊誌に掲載されると、事件が起こった多摩地区の間で「あいつにそっくり」といった噂が絶えなかった。また事件は学生運動家による犯行に違いないと、立川や国立、国分寺の学生の溜まり場になっているアパートは何度もガサ入れされた。その上容疑者らしき若者が別件逮捕となり、マスコミは連日大騒ぎした。私の学生時代の友人も、過去に国分寺のアパートに住んでいたというだけの理由で、じっくり聴取を受けていた。

一九六九年は学生運動が最後の激しいうねりを見せていた年でもある。東大の安田講堂に立てこもった学生と機動隊との激しい攻防戦で逮捕された全共闘学生は、四百人近くだった。「東大闘争」だから当然、東大生が逮捕されたと思っていたら、ほとんどが他大学の学生で、東大生は少なかったことに世間は啞然とした。賢い東大生は事件の前日にすばやく脱出していたのだった。

新宿駅西口地下広場が反戦フォークの集会場所となり、週末は五千人を超す若者が肩を組み、反戦歌を歌っていた。六月の末になると、ベ平連を中心とした集会に七千人も集まり、機動隊と衝突。西口通路はガス弾で制圧され、西口を通るサラリーマンもハンカチで目頭を押さえて帰宅を急いでいた。

私も就職すると気楽な学生気分は薄くなり、自分の仕事や会社の業務、将来の出版に頭をつかうようになった。だが入社して半年ばかりで、営業部長とその部下の二人が突然退社した。職場の雰囲気がやけに不穏になってきたと思っていた矢先であった。

書店まわりをする者がいなくなり、仕方なく、何も分からず、都内の書店を中心に、「今後は私が担当になります」とネクタイ姿で毎日名刺を手に挨拶にまわった。

ちょうどこのころから大型書店が都内に進出しはじめ、都市の駅ビルが巨大になり、そこにテナントとして入る書店も売り上げを伸ばした。児童書専門の書店も全国に増え、会社では編集や営業、管理部門といった内部を大きくし、業績を伸ばしていった。

営業の仕事が忙しくなると、倉庫で返品作業をするのはアルバイトの学生に任せるようになった。早稲田大学が近かったので、アルバイトに来るのは早稲田の学生が多く、みんな真面目に働いていた。その一方で早稲田大学の学生会館の管理をめぐって、大学側と学生党派とが常に小競り合いという状態が続き、日常茶飯事のように機動隊が隊列を組み、催涙弾が大学周辺に散

らばっていた。

そんな早稲田の学生アルバイトの一人に、ある日演劇のチケットを無理やり売り付けられた。彼は将来、演劇の脚本を書いていきたいという脚本家志望の学生だった。演劇の話になるとまるで舞台の上に立った俳優そのままのように豹変し、両手を広げ、「愛はかならず人を救う」と熱っぽく語り、ときに宗教的なことを口走ることもあった。

チケットを手に渋谷の並木橋にできた日本初のアングラ劇専用の劇場に行くと、早稲田の古本屋街で偶然に出会った京都出身の同級生が劇場の受付に、しかも名札を付けて立っていた。

元中核派の活動家で、噂では地下に潜っていた彼だ。彼は次々と劇場に入ってくる客をテキパキとさばいていた。私がチケットを差し出すと、

「久しぶりだな」

とニヤリと笑い、

「ここの劇団にお世話になっているんだ」

と手短に言った。髪を短く切り、白いシャツに紺のネクタイをし、以前会ったときとはまるで違い表情も明るかった。

劇の内容は難解すぎて理解するのは困難であったが、帰り際に彼が、

「初の海外公演が西ドイツのフランクフルトで行われるんだ」

と言って新聞の記事のコピーをよこした。そしてそのあと渋谷駅の近くの居酒屋で、彼と酒を酌み交わした。

駅の周りには新しいデパートやモダンな商業ビルが乱立していたが、戦後の混乱期に建てられた闇市のような酒場が線路に沿っていくつもあり、そこが劇団員の溜まり場でもあった。

ビールから日本酒に移ると学生運動の話になり、

「あのままいっていたら、相手を憎み、自分もいつか消されていた」

と重い口を開いた。その後は党派や政治的な話はなかった。私が学生時代に知り会った人と来年秋に結婚することを言うと、

「そうだろうな。お前は夢中だったからな」

と徳利でコップに酒を注いだ。

劇団は大きな運動会のようなもので、一つの劇が動き出すと多種多様に仕事が転がりだし、いくら人手があっても足りないという。近いうちに行われる海外公演をきっかけに、日本の演劇文化が世界に広がるチャンスだと彼は夢を語るのだった。

店は朝方まで営業しているらしかったが、終電が近くづくにつれて客はしだいに消え、閑散としてきた。彼は酔ってきたのか、私が初めて耳にする歌謡曲を口にした。ゆったりと「あのときあなたとくちづけをして」を歌い出した。

彼はグラスをじっと見つめながら、

「これは佐良直美の『いいじゃないの幸せならば』という曲で、心に染みるんだ。もうすぐ一九七〇年か。時代も大きく変わるな」

とポツリと言った。私が時計を気にして席を立つ気配を感じ、

「オレはもう少し一人で飲んでいく。前にカンパしてもらったので、今日はオレが奢るよ」

と握手をしてきた。

「ではお先に」

と私は駅に向かって小走りに歩いていった。終電に近い電車の中は、酒と香水がまざったような強烈な匂いが充満していた。

彼が口にした「いいじゃないの今が良けりゃ」のフレーズが繰り返し耳から離れなかった。そして、彼とは二度と会うことはなかった。その後しばらくしてアルバイト学生に聞くと、西ドイツ公演の後、彼は故郷に帰り、和服

「いいじゃないの幸せならば」作詞：岩谷時子　作曲：いずみたく

屋の後継ぎに収まったと聞かされた。
やがて秋に私は大学時代の恋人と無事に結婚をした。

革新都政

東京は美濃部亮吉都知事によって大きく変化していった。

一九七一（昭四六）年の四月に行われた統一地方選挙では都知事選の投票率が七二％と驚異的な数字を叩きだし、戦後最高を記録した。美濃部都知事は自民党推薦の候補者に大差をつけて再選した。得票数の三百六十一万五千二百九十九票は、過去の国内の選挙で個人として最多得票であった。

東京は、それまで車の排気ガスや光化学スモッグによる公害や日照権を守るための住民運動、ゴミ処理場や幹線道路などの建設反対運動が多く、問題となっていた。これらの問題に苦しめられてきた都民は、経済を優先するより都民の暮らしを守るという美濃部都知事を支持したのだった。

一方、私にとっては、その前年に作家の三島由紀夫が市ヶ谷の陸上自衛隊で割腹自殺したことの衝撃が大きかった。文学青年の仲間たちと大衆酒場に入ると、

「お前はどう総括するのだ」

　と三島論争に明け暮れるのがお決まりだった。

　三島由紀夫が主宰した「楯の会」は、反共と天皇制支持、暴力は容認するという、分かりやすく単純な組織で、右翼学生を集めたナルシストの集団であった。詰め襟の制服が子どもじみていた。

　マスコミは「反共」と聞いただけで三島由紀夫に対して全否定であった。兄はそんな事件のことなどすっかり忘れ、日本社会党と日本共産党ががっちりと組んだ革新都政に満足し、日本共産党の機関紙「赤旗」をうなずきながらしきりに読んでいた。当時は、朝の通勤電車の中で「赤旗」を堂々と広げている風景に出会っても違和感はなかった。
　しかし私は初期の三島文学作品に強く傾倒していた。とくに『金閣寺』は何度も読み返し、緻密な構成力と文章の美しさにひれ伏していた
　兄は私立大学の大学院に入学し、マルクス経済学者としての道を進もうか、赤旗の記者になろうかと結婚を前にして真剣に悩んでいた。日本共産党の下部組織、民青で知り合った女性は学校の教員でしっかり者だった。
　兄は日本社会党の労働者や学生を束ねていた社青同（＝日本社会主義青年

同盟）をことあるごとに批判していた。警察ではその組織を「極左暴力集団」、マスコミは「過激派」「新左翼」と呼んでいた。兄は日本共産党以外の左翼はトロツキストの集まりと軽蔑していた。さらに裏で警察と癒着していると苦々しく思っていた。

御茶ノ水の中央大学の前を通ると、「社青同解放派」と書かれた青い垂れ幕が屋上から常に下がっていた。「解放」と色を変えて大きく文字が浮かび上がっており、その下では濃紺のヘルメットを被った学生たちが構内や駅前でデモ行進をしていた。駅の周辺では機動隊との激しい衝突で、道路の石畳はすべて投石用に壊されてしまった。全面アスファルト舗装になって投げるものがなくなるとさらに激しくなり、ビール瓶にガソリンを詰めた火炎瓶が投げられるようになった。機動隊は学生に合わせるかのごとくガス弾で規制し、放水車や装甲車も出動して装備も重厚になっていった。

一九六〇年の安保闘争では、新左翼による学生運動が社会党や共産党以上に力を出し、存在感を見せた。だが七〇年に入ると、各派が激しく対立し、学内からも暴力行為が頻繁に起きるようになった。さらに新左翼どうしの対立はすさまじい内ゲバに発展し、日常的にヘルメットや鉄パイプで武装するようになった。

日本共産党は党の指導に反する者はすぐさま除名をするが、日本社会党は懐が深いのか、右よりから極左学生までおり、ゆるやかに容認していた。

新左翼は分裂に分裂を重ね、一般の人には、その声高な主張が到底理解することができなかった。とりわけ清水谷公園にすべての新左翼が集結した時に、より過激な革命集団「赤軍派」が登場し、全身黒ずくめの異様な雰囲気であたりを威圧した。まるで三島由紀夫の「楯の会」のごとく、死も厭わないといった革命スローガンを打ち出し、内ゲバに時間を費やしている他の運動とは異なっていた。

私は、反対する者をことごとく征伐し、排除していく日本共産党より、労働者を広く受け入れる日本社会党の方に心情的に傾いていた。ただ選挙となると日本共産党に投票していた。それは戦前から一貫して侵略戦争に反対していた党であるからだ。

兄はマルクス経済学の学者の道を選び、ドイツ語の勉強を真剣にはじめた。「原書を読まなくては学問の意味がない」と至極真面目なことを言っていた。大学院を卒業したら西ドイツに留学することを夢見ており、「洋書を読むこと」を自分に課していた。

私は働きはじめても休日になると一人で日帰りの奥多摩や丹沢の山を歩いていた。重なる峰々を見ていると、仕事や将来の悩みが薄らいでいくのであった。兄は学問の世界に夢中になり、結婚して多摩川を越えた地区に引っ越していった。

兄にとっての最大の悩みは高校時代の民青活動の仲間が、何人も共産党から離党していったことだった。

戦後、日本共産党は「愛される共産党」「平和革命」を旗印に勢力の拡大に努めてきたが、一九六六（昭和四十一）年から始まる中国・文化大革命のその評価と路線をめぐって毛沢東主義、親中国共産党系の仲間と袂をわかった。共産党指導部の自主独立路線は、真の革命を信じ、夢見てきた者にはただの名前だけの党としか目に映らなかった。それまで一緒に運動を共にした盟友たちは、「反党対外盲従」「極左」として除名されてしまった。

新左翼の学生運動にいくらか好意的な山口県を拠点にした日本共産党左派と名乗るグループに、兄の昔からの仲間も賛同し、名を連ねていた。彼らは毛沢東主義を支持し、日本に本物の革命をと訴えていた。

久しぶりに中野の実家に兄がふらりと現れ、近況報告めいた話をして、駅前のトンカツ屋でビールを飲んだ。

兄がいた時は日刊の「赤旗」を取っていたが、結婚していなくなると日曜版の「赤旗」に切り替えた。その日曜版に兄が住んでいる小田急線の駅前で、大型商業店舗建設反対の署名をしている兄の写真が小さく掲載されていた。ビールを口にしながらその写真のことを言うと、兄は一瞬顔色を変えて、

「オレって分かるかな」

と言った。弟の私だから分かるが、他人から見たら写真が小さいだけにほとんどの人が兄とは指を差しても認識できないはずである。

「困るんだよ、そういう残るものがあると。教授の中に右寄りの輩《やから》がいて絶対に上には道を開かせないいんだ」

いくらか興奮したのかビールをぐいと空けてほんのりと顔を赤くした。兄は酒が弱かった。

美濃部都知事に対する兄の評価は高かった。社会党よりむしろ共産党が応援した結果で、これをきっかけに全国に革新知事が次々と生まれるはずだと力説した。金にまみれた暗黒の自民党時代にもいよいよ終焉の時が来たと陽気になった兄は、

「そろそろオレは帰るよ」

と言うのでうなずいた。

駅まで兄を送って行く道で、

「社会党は暴れん坊の社青同解放派を抱え込んでいると、いずれ分裂して解体し、社会党そのものがなくなるな」

と言い、手を振って駅で別れた。

デモに行きませんか

東中野駅の近くに青林堂書店という本屋があった。中央線を越えた鉄橋から続く山手通りにあり、小学生のころはお祭りがあった氷川神社の帰りにこの書店でマンガの本を父親に時どき買ってもらった。本のほかに文房具や画材も豊富にあった。

ある日、日曜版の「赤旗」をめくっていると、絵画教室の広告が載っていた。「民主的な運営、初心者大歓迎」と書いてあり、その横に小さなカットが添えられていた。心が動いたのは、山小屋などにある古いランプの絵であった。ちょうど冬の季節だったので、ほのぼのとしたランプの絵が妙に暖かく感じられた。そこには個人宅の電話番号が添えられていた。教室は青林堂の二階で開かれていた。

「赤旗」の広告を見てふたたび絵を描いてみたい気持ちになった。高校時代は美術部に入っていたので、絵を描くことは好きだったが、基本的なデッサ

ン力はなく、自由気ままに好みの絵を模写し、あるいは海岸の工事現場や橋の絵を水彩で描いていた。

　油絵のようなどっしりとした絵より、淡い水墨画のような絵に魅せられ、西洋絵画より日本画の方が好きだった。小説の中のさりげない挿絵が好きだった。

　高校時代の美術の教師はマチスやピカソなどのヨーロッパの画家しか認めず、「日本画は襖絵だ」と鼻であしらっていた。そして私が描いた海岸の絵にも「なんのために絵を描いているのか」と批判した。文学にテーマがあるように、絵にも主題があるはずだとその教師は言い、自ら描いた抽象的な油絵には「孤立」という小難しいタイトルが付けられていた。芸大を出て、千葉のボンクラな生徒しか集まらない高校の美術教師がそんなタイトルをつけた気持ちにはたしかに納得するのだった。

　青林堂の二階に上がる階段の壁には美術展のポスターが貼り巡らされていた。部屋は予想していた以上に広々としており、折り畳みの簡素なイス、そして大きな黒板があった。その壁には語学教室のスケジュール表が貼ってあった。覗き込むと英語からロシア語、中国語の授業時間が組み込まれていた。

また音楽や民族ダンスの授業もある、講座の豊富な教室でもあった。前もって電話して申し込みをしていたが、絵画教室の先生は意外にも私と同じ二十代終わりの若い男性であった。黒いタートルのセーターにデニムの黒いズボンと全身黒ずくめで髪が長く、一見して芸術家風であった。話し方や表情が温和であったが、目には鋭いものがあり、人に対して妙に威圧感があった。

「ランプの絵が好きでした」

と言うと、

「学生時代に山小屋で働いていた」

と崩れるような笑顔を見せた。私はその場しのぎのように慌てて買った大きなスケッチ帖に、デッサン用の濃い鉛筆、そしてホルベインの水彩道具をバッグの中にしまい込んで来た。

その日はヌードデッサン会であった。うら若い二十歳くらいの娘が黒板の横からサッと裸体で現れた時は一瞬ドキッとした。そしていつのまにか窓のカーテンが閉められ、緊張感が辺りに漂った。裸の娘はイスに座っていたかと思うと、十分ほどすると立ったり足を組んだりといろいろとしなやかなポーズを見せた。

参加した生徒は彼女の動きに合わせ、一心不乱にクロッキーに励み、鉛筆

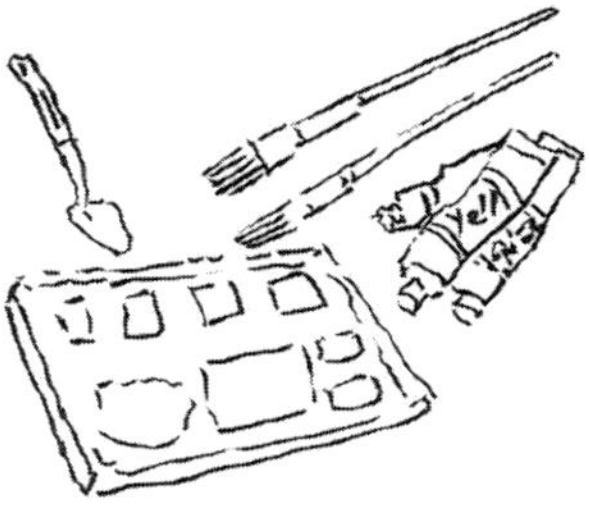

やコンテで人物の動きをすばやく紙に写すのだった。高校時代の美術部の石膏デッサンが苦手だった私はいつも正確にものを写す作業から逃げていた。ましてヌードデッサンは初めてなので、いったい体のどこの部分から描いていいのか皆目見当が付かなかった。

集まった十名程の生徒は、美大志望の受験生のような高校生から、定年してリタイヤした年代までと雑多な人たちが集まっていて、和やかな雰囲気であった。一時間ほどして休憩に入り、魔法瓶から湯を注ぎ、インスタントコーヒーでひと息ついた。ここでは土曜日に月二回の絵画教室が開かれ、四時から七時まで三時間ぐらい手を動かし、その後は近くの居酒屋での懇談会となっていた。

休憩時間に先生は私のスケッチ帖を見て、

「これはおもしろい。こんなヌードのクロッキーを見たのは初めてだ」

と体を反らして笑っている。それに合わせて周りの生徒も私のスケッチ帖を見て手で口を押さえてクスクス笑った。

二時間目に入ると私は鉛筆のデッサンはあきらめ、水彩でザックリと体の全体を描くようにした。肌の色に近い、薄い黄色に水をたっぷりと含んだ筆で描くと、妙に色っぽくヌードの人物と画面に一帯感が生まれた。絵を描き

ながら体が熱くなる経験はこの時が初めてであった。骨格の陰影をつけて立体感を出しながら、手元を凝視しながらモデルを見つめていると、彼女は静止したまま動かずにポーズを取っているように見える。しかし体は本来動くものである。頭や体が微妙に動いているからこそ絵を描く緊張感が生まれてくるのだ。「皮膚の下の筋肉や骨格を見つけて、迷いを捨てて描いてください」と先生は言ったが、その言葉が実に説得力があった。

画集で見たエゴン・シーレのデフォルメされた絵を真似しているようで、筆を置くと恥ずかしい思いがした。クロッキーは描くスピードが早く、細かな指を一本ずつ丁寧に描くことはできない。この丁寧に書くことを省略した描き方は、自由で思いのまま筆を動かし、大雑把な絵しか描けない自分にぴたりと合っていて、描いていると気持ちがのびのびした。その日は自分に一番合った画材と技術を少し発見した。

デッサン会が終わると、半分の生徒が近くの居酒屋に立ち寄った。

「どうでしたか？」

と彼に教室の感想を聞かれたので、

「勉強になって楽しかったです」

と答えるとしきりにうなずき、

「人物デッサンを身につけると、絵の表現力がぐんと上がります。この教室は美大の授業とは異なり、絵がうまくなるというより、絵を描く楽しみを覚えてほしいのです」

とうれしいことを言うのであった。

通称教会通りにある小さな居酒屋は、五、六人が座れるカウンターがあり、小上がりには二つのテーブルがあった。店内の造りが手作り風で、素人が集まって作業をして作ったような雰囲気の店構えであった。

店の主人は若く、坊主頭に青いバンダナを巻いていた。教室の先生と前からの知り合いのようで懇意にしているようだった。

壁に貼られたメニューは、「おまかせ三点セット」「いつものセット三点」と文字がレタリングタッチで書かれていた。もしかしたら先生が頼まれて書いたのかもしれない。

ビールで喉を潤していると、隣にいた鳥の羽のついた登山帽をかぶった年配の男性が、

「おたくの絵はシーレのヌードとそっくりでしたね」

とすっかり見抜かれていた。

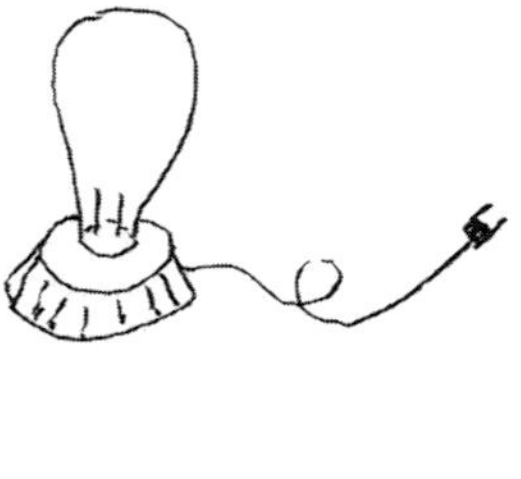

「ヌードの初期はシーレやマチスのヌードにまず取り憑かれますからね」

といくらかからかい気味の口調で言われた。

やがて日本酒に移ると、共産党のシンパらしく沖縄返還協定調印の話題に変わっていった。

「あんな内容ならますます日米軍事同盟が強まるだけだよ」

絵の先生は長い髪を揺らした。裸のモデルになった女性が、

「来週のデモに行きますか」

とみんなに訊ねていた。裸の時は少女風の横顔を見せていたその口から出る「デモ」という言葉は似合わなかった。

「集合場所は代々木公園でしたね」

と先生は念を押していた。

「デモは怖くありませんか」

と私はモデルの人に日本酒を注ぎながら訊いた。

「デモは歩くから健康に良いし、久しぶりに仲間にも会えて楽しい」

と、まるでハイキングに行くようなあっけらかんとしたものだ。

居酒屋の壁には、演劇や美術展のポスターがびっしりと張られている。おそらくこの店にも学生運動に疲れ、傷ついた若者がたくさん飲みにくるのだ

ろう。デモ参加が楽しく良い運動になるからと口にしたら、二、三年前なら間違いなくビール瓶が飛んできただろう。

教室の仲間はみんな日本共産党を信じてデモ行進に行きカンパをし、応援している連中かと思っていたら、背広姿の青年は、

「私はどちらかというと右寄りの人間ですから」

とすました顔をしてビールを手酌で淡々と飲んでいた。

「右も左もないのです。日本が平和で対米従属路線にならないことです」

と彼は言った。するとモデル嬢は強い口調で、

「ならば今度のデモに参加してくださいよ」

「ああ分かった行くよ行くよ」

となんとも軽い返事をした。共産党支持者にしてはお酒が入ったといえ皆さんずいぶんくだけた会話である。

「左の人はいつも敗北ばかり味わっていると言う人がいるが、あれはまやかしですよ」

「政府や自民党の言うことを聞いていれば、デモやストライキは永遠に起きないと思っている人がいるが、それも真っ赤な嘘」

お酒が入ったら話題はもっと熱く際限なく政府批判になっていくかと想像

していたが、土曜日の夜をゆるやかに穏やかに過ごしている。九時を過ぎるとお開きになったが、先生を中心に二次会に向かっていった。私は家が遠いからと断ると先生から別れ際に、

「代々木公園で待ってますよ」

と肩をポンと叩かれた。

妻の中学校

一九七〇（昭和四五）年の秋に大学時代から六年ほど交際していた人と結婚をした。それまで三日と明けず手紙のやり取りをしていた。妻の実家があった北多摩郡国立市という地名を何度も書いた。国立は中央線の東の国分寺と西の立川から一字ずつ取ってできた地名で、大学が多い文教地区にしては、ずいぶん安易だと思った。

新婚旅行は中央本線の小淵沢で小海線に乗り換え八千穂駅で降りた高原であった。そこから二時間ほど歩いて湖のそばの小さな山小屋に二泊した。この山小屋は勤めていた絵本出版社の社長が、数年前に仲間四人で購入した別荘であった。だが社長は仕事に忙しく、家族で一度利用したくらいであった。

山登りに凝っていた頃で、ある年の正月に私はこの別荘を起点に八ヶ岳の主峰赤岳まで三日間の冬山の縦走を一人で行なった。したがって別荘の内部のことは大まかに知っていた。石油のお風呂や、ストーブやガス台の使い方

も理解していた。

国立の新居のアパートから妻と山に向かい、二人のザックの中にはカレーの材料とお菓子、缶ビールが入っていた。彼女とはそれまでも何度か山歩きをしていたので、山に行く新婚旅行になんのこだわりも不服も口にしなかった。

しかし久しぶりの小屋に我々が来たのに、野ネズミが歓迎してくれたのか、夜更けまで天井裏を走り回っていた。「怖いね」と彼女は一緒の布団に包まって小さく震えていた。

二日間は山の澄んだ秋晴れに恵まれ、青というより紺碧に近い空が広がっていた。彼女は湖畔でオカリナを取り出し「埴生《はにゅう》の宿」を吹いていた。その音色は空に溶け込んで流れていくようであった。

帰り道はまた歩いて駅まで向かったが、まったく人に会わない新婚旅行は幸せな旅でもあった。

新居は中央線の国立駅から歩いて行ける距離であった。新築のアパートは我々にとって豪華な感じがした。妻の実家から数分しか離れていなかったので、何か食材や調味料が足りないことがあると、「ちょっと行ってくる」と走って往復していた。

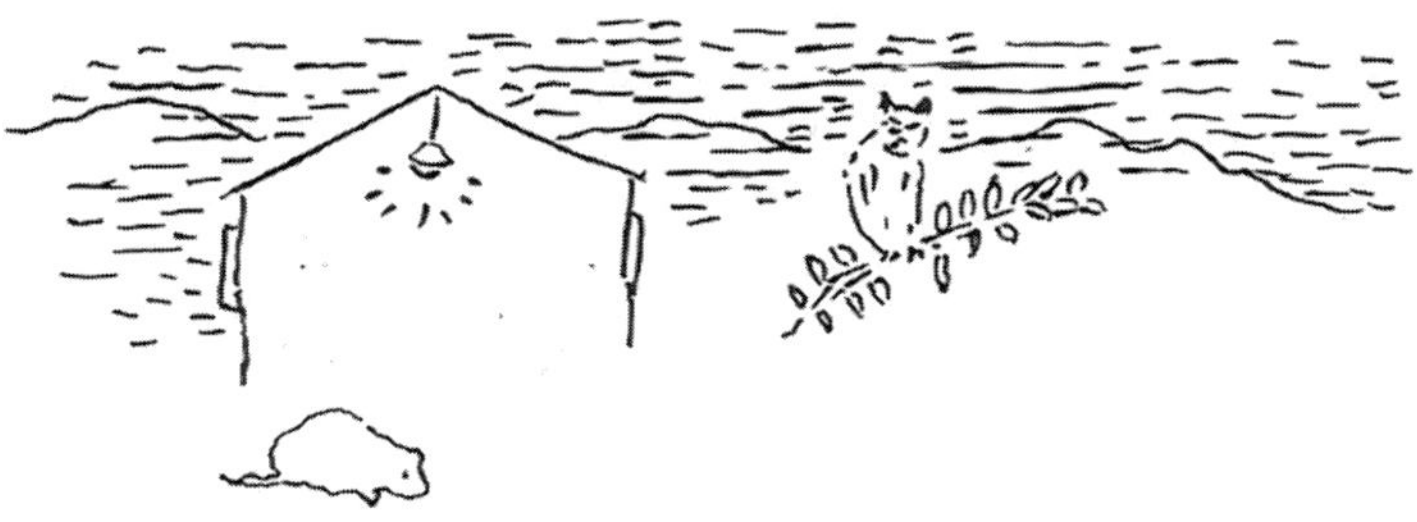

妻は結婚前に新宿の私立中学校の国語の教員を二年ほどしていたが、同僚の不当解雇に反対して組合を作ろうと奮闘し、学校側とうまくいかず退職をしてから、翌年に神奈川県の教員試験に受かり、南武線の武蔵中原の公立中学の教師になった。

結婚した時は南武線の谷保駅まで自転車に乗って通勤していた。慣れない通勤環境にいつも疲れた顔をしていた。

少しでも住宅費を浮かそうと、結婚してから都内の公団や都営住宅に何度か申し込みをしていた。

すると都営の二回目で多摩の住宅の抽選に当選した。それまで私はくじ運が悪く、何かに当たった例《ため》しがなかった。

国立の新築のアパートは家賃が高く、いつも妻と「いつかはもっと安いところに」と口癖のように話していた。

それが都営住宅は庭付きの一軒家で、なんと家賃は十分の一という安さ。しかも安心して永住できる保証もあるのだ。

ただ現地に見に行くと、放置された垣根は乱暴に伸びて、木造平屋の家も古ぼけて見えた。トイレも昔のままであった。さらにお風呂がついていなかった。都営住宅ではお風呂は贅沢とされていたのだ。そのために近くに銭湯

があった。気に入ったのは南側にゆったりとした庭があったことで、「子供が生まれたら、この庭で遊べるね」と妻は嬉しそうに少し膨らんだお腹をさすっていた。

　都営住宅に引っ越しすると、学校勤務は始業時間が早く、また何度もバスや電車を乗り換えなくてはいけないことが悩みであった。保育園も近くになった。

　産休も取れたが、実家の両親のすすめもあったし、落ち着ける家も決まったのでしばらく休んだらということになり、妻はずいぶん思案にくれていたが、「生まれてくる子のために」とあっさり退職届を出した。

　学校に残してきた資料や私物を八月に二人して取りに行くことになった。武蔵中原駅から商店街を通り、学校に行く間、妻は「教員の仕事が好きだし、やりがいがある、本当はやめたくないな」と下を向きながら、いくらか青い顔をして呟いていた。

　坂の上に三階建ての中学校があり、日曜日のためか校庭には人影がなかった。妻にとってはもしかすると、学校に来る最後の日である。

　お腹の膨らみがすこし目立ってきたので、一人で荷物を運ぶのは難しいと、

私は大きなザックを肩にしてついて行った。

宿直の係の人と挨拶して教員室に入ると、一般的な会社の事務室とは違い、黒板とチョークの独特な匂いや空気が辺りを包んでいた。ずらりと並んだ木の机に緊張するものを感じた。黒板にぎっしりと夏までの行事が書かれていた。

妻がいつも座っていた椅子に、自分で作った青い小さな座布団があった。一番上の引き出しを妻が開けると、そこには鉛筆をはじめ、文房具が几帳面に整理されていた。

妻の教員としての真面目さを、その時垣間見た。働いている出版社の自分の机の中は名刺や飲み屋のマッチなどが乱暴に散らかっていた。会社では共同の仕事道具は、段ボールの箱に入っているものだが、妻の学校では違っていた。

セロハンテープ、糊、ハサミ、飲み物の湯吞みまできちんと個人で管理しているようであった。紅茶のディーバッグと細い砂糖の包みもきちんと、区分された箱にしまわれていた。

教員の慎ましい、日々の生活に少し動揺した。出版社では少額の交際費は認められていたが、教員ではもしかすると管理職しか決済はされないのだろ

う。全体に職員室、机の中と全てが質素であった。

国語の辞書や古典の本、さらに何冊ものノートやファイルを入れると、大きなザックいっぱいになるのであった。

学校を出るときに妻は校舎に向かって、丁寧にお辞儀をして、しばらく名残惜しそうに見つめていた。

「学校を辞めるのは寂しいな」

校門に手をかけながら妻は、また校舎をぐるりと見渡していた。校庭の庭には色あせたヒマワリの花がいくつも頭を下にしていた。

「子どもが生まれたら、また教員試験を受ければ」

「そんな簡単なことではないのよ」

妻が満足するまで学校を見つめている間、こちらは余計な口を挟まず一緒に眺めていた。

駅まで歩きながら、お互いに沈黙していた。

切符売り場の横に小さな鏡があり、ふと妻は覗き込み「ああ、疲れた顔をしているな」と頬を両手で擦った。

「本の雑誌」のこと

一九七六（昭和五十一）年から私の人生を大きく変えていく流れが始まった。「本の雑誌」が五月に五百部で創刊された。創刊号の表紙には、「書評とブックガイド」というサブタイトルがあり、特集で取り上げた本のタイトルを並べ、イラストレーションは何もなかった。表紙に絵が載るのは二号目からだった。

戦後生まれの人が、総人口の半数を超えた時でもあった。時代が大きく明るい方向に流れていくのを感じたのは、どこの家庭にも、いまある暮らしの原型が、この時期にそろったことだ。固定電話があり、冷蔵庫、洗濯機、掃除機、炊飯器、トースター、とカラーテレビが備わりはじめていた。

多摩の都営住宅に住む我が家も全く同じであった。冬など食卓のテーブルの横にあるアラジンの青い炎の石油ストーブを見つめているだけで、なんだか幸せに思えた。妻は実家から譲り受けた、持ち運べる小さなテレビを食後

に観るのが至福の時間のようであった。

都営住宅に引っ越しをして、一年ほどしてお風呂と三畳のプレハブの小屋を建てた。住宅の管理人は、大きな違法建築でなければと、小さな風呂場や、小屋やデッキなどの増築は黙認していた。

近くに銭湯もあり、休日はお昼から営業するので、庭の草取りが終わった日などはたまに、やっと歩き始めた息子と手を繋ぎ銭湯に向かい、親子でしんみりと湯船に浸かっていた。入浴料は百二十円であった。抱えるようにして湯に浸かっていると、息子は目をつぶり嬉しいのか微笑んでいた。温かい湯は大人も子ども穏やかにさせる。天井近くの高い窓から、夏の午後の日差しが湯船を照らしていた。息子はキラキラと揺れる湯に手を伸ばして摑む仕草をしていた。

湯から上がり服を着せて帰ろうとすると、息子は透明なガラスケースに入った冷蔵庫の牛乳瓶を指差し、「ウウ」と体を左右にゆすった。こちらが無視して帰ろうとすると、番台にいる女将さんは「お風呂の後の牛乳はおいしいからね」と言うので、仕方なく三十円を差し出し、ケースの中から牛乳瓶を取り出して息子に渡すと、喉が渇いていたのか音を立てて飲んでいた。半分ほど飲んだ時に、こちらも思わず飲みたくなり、息子から瓶を取ろうとす

ると、驚くほど力をこめて瓶を握り「ウウ」と唸り睨むのであった。「いいよ、みんな飲んでも」というと目をつぶりゆっくりと飲み干していた。

家に帰ると妻は「ホカホカだね」と息子を膝の上に置き、頭をもう一度タオルで拭いて「お父さんと一緒でよかったね」と笑っていった。

妻は、一年間だけで退職した中学校のことが余程気になるのか、受け持ったクラスの生徒ノートを時々開いて名残惜しそうに見ている時がある。あるいはふっとため息をついて窓の外を見つめている。二人の子どもたちが小学校に入学したら、もう一度教員になるつもりで準備をしていて、毎年のように東京都の教員採用試験問題集を取り寄せて、ノートを取っていた。夜遅くまで和室のちゃぶ台に向かっている姿があった。

妻が中学校を辞めたときに、「これを記念に」とギターの赤いピックをくれた男子生徒がいて、時折その生徒のことを話すことがあった。

学力不足の生徒であったが、音楽に詳しく、家に帰ると寝るまでギターを弾いていたそうだ。あるときに酔って帰った父親が勉強はせずにギターばかり弾いている息子に腹を立てて、ネックを足で踏み折ってしまった。

息子は大事にしていたギターを壊され、学校にきても思い出してかうなだれていたそうだ。放課後はいつまでも楽器屋で時間をつぶし、壊れたギター

を見ては泣いてばかりいたそうだ。しかし母親が同じギターを買ってきて、父のいる前で「ギターも勉強も大切ね」といったそうだ。

その話を妻は口ぐせのように言いながら、「教育も生徒との信頼関係がとても大切なんです」といった。

「本の雑誌」の一号目に書評された本は幾つもあるが、本の表紙をカメラで撮影して印刷すると、コストが上がるので、安上がりにするために、表紙をトレスすればすむと、発行人の目黒考二が思いつき、こちらに依頼してきた。著者から預った本、あるいは図書館で借りてきた本を何十冊と紙袋に入れて、多摩に住む私の家まで何回となく運んできた。

わが家には下から光を当てて、絵や写真をトレスする器具がなかったので、厚手のトレーシング用紙に製図用の細いペンで、原寸大で本の表紙をなぞって描いていた。

淡々と写しているだけでも、絵を描いている時は楽しいものである。だが何十冊と続くと、流石に迷いが出てくるものだ。やがて何枚も描いているうちに、どこをどう省略して描いていけばいいのかが自然に身についてきた。また雑誌の紙面の上や端に飾りになるような、小さなカットを毎号山のごと

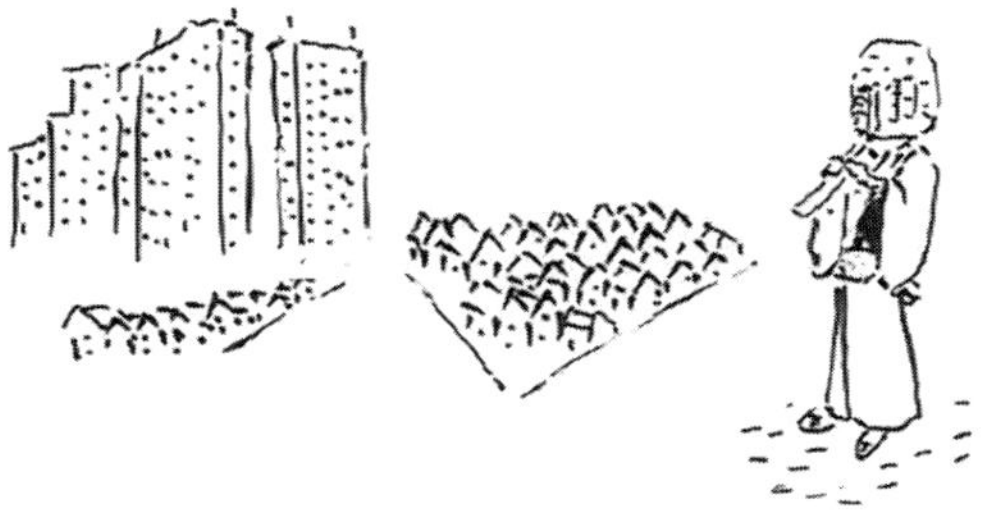

く描いていた。

会社から戻り、少し奥を高くした製図板の上でペンを走らせていると、深夜になることも多かったが、絵を描いている時は、まるで心の動きが止まり、ペンが紙を擦る音しかしなかった。

その年に世間を揺るがしたロッキード事件が発覚して、田中前首相が逮捕されたが、日本も世界も平和な空気に満ちていた。

街には「およげ！たいやきくん」の歌が流れ、ほんわりしたムードで景気も上向きになり酒場はどこも満席であった。

都内の駅ビルの書店は、帰宅時間の夕方など混雑して身動きがとれない状態であった。さらに地方でも大型の店舗を構える書店の開店が続き、新しい雑誌が次々と店頭を飾っていた。「本の雑誌」と同時期に発売された「ポパイ」（平凡出版。現マガジンハウス）も若者たちにインパクトを与えた。

七〇年代の集団で動く政治の時代から、若者たちは、個人で過ごす楽しみを見つけ変化していった。アメリカのカリフォルニアではそれまでのヒッピー運動が下火になり、長い髪を切り、爽やかなファッションに移っていった。

日本でも早速真似をして、フリスビーやサーフィン、トレッキングなどの自然を相手に体を動かす外での遊びに移っていった。そんな若者を相手に、

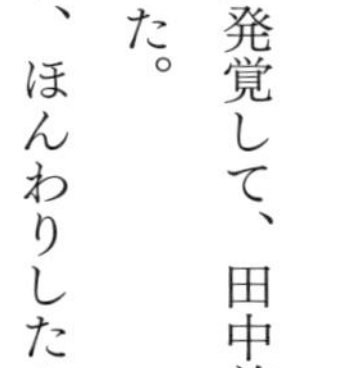

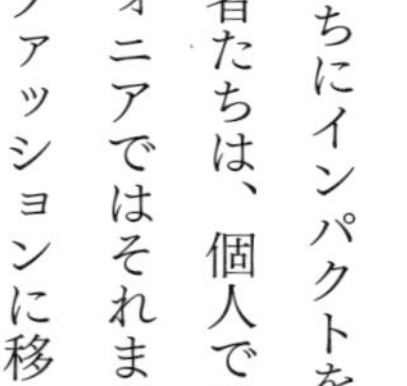

大々的にページを割いたのは「ポパイ」であった。

しかし、そんなテニスボーイは軟弱だといち早く噛み付いたのが「本の雑誌」でもあった。さらに出版広告も皆無であったため、「死ね！死ね！角川商法」と言いたい放題の座談会を組み勝手に騒いでいた。

私は二号目から表紙を描き始めたが、発行人の目黒考二や高校からの友人で編集長の椎名誠から「好きなようにして」と言われた。だが何を書いていいのやら戸惑い、何日も考えがまとまらず、毎度印刷寸前になり、慌てて絵を届けていた。

椎名の卓越したところは、言わば趣味の同人雑誌でありながら、すでに二号目から裏表紙に三松商事のネクタイの広告が入り、やがて丸井の全国店舗紹介の広告が入っていたことである。

彼はデパート関係の業界誌の編集部に勤めていたから、おそらく無理やりお願いしたものだろう。と言うのも、いつもながらその行動力、相手を説得させる力は卓越したものがあった。高校時代から親分肌のところがあり、自分の遊び、仕事にがむしゃらに突き進み、周りの者を常に巻き込むのであった。

季刊であったが、一九七八年九号から表紙はカラーになり、「ミニメディ

ア同士の交換広告」が本格的に開始され、紙面にうねるような活気が溢れてきた。

椎名誠は「さらば国分寺書店のオババ」「もだえ苦しむ活字中毒者地獄の味噌蔵」「文藝春秋10月号四六四頁単独完全読破」といった独特な視点と独特な文体で人気を博していた。このあたりから椎名誠は職業としての物書きになる覚悟をもち、自分の今後の進路をはっきりと決断したようだ。

そのころ雑誌「文藝春秋」に、ソニーの「ウォークマン」が発売され、それを耳にして通勤電車で通った日々のことを書いていた。今まで見ていた殺伐とした風景が、好きな音楽を耳にして見ると、全く違う新鮮な景色に見える、といった内容の原稿を読んだ時、「プロの書き手」と私は感じた。「奴は本気で書いている」とも思った。そして多分一九八〇年前後だと思うが、周りの者には何も相談することなく会社をすっと退社した。

さらに「お前も会社辞めて、将来はイラストレーターを目指せ」と言われたが、こちらは絵本出版社にいることに何の不満もなく、全く会社を辞める気はなかった。なんとなく椎名や目黒と飲んで本の話を聞いていれば満足していた。

その頃飲んでいたのは新宿が圧倒的多く、三越デパートの裏の「石の家」

で椎名や目黒を中心に本好きというか、酒好きな連中が五、六人集まって月に一、二度飲んだくれていた。ＳＦファンタジーが好きな連中で、海外翻訳書の話題で明け暮れていた。

私は本の主人公の名前がカタカナだと、もう拒絶反応を起こし、読む気が起こらないタチであった。太宰治や安岡章太郎、吉行淳之介といった、日本のじっとりと暗い私小説を、自分の身と重ね合わせて読むのが好きであった。椎名たちが口角泡を飛ばさんばかりに話す、未来都市のことや、宇宙船のことなど、内容がさっぱり理解できず、ただ横でうすら笑いを浮かべ酒を飲んでいた。二次会は東口のおでん屋「五十鈴」かその前の「日本晴」であった。

椎名は飲んでもきっぱり二時間で帰っていった。帰宅してもまだ書く仕事があり、深酒は決してしなかった。自制することが物書きの基本といった酒の飲み方であった。

その逆が私で、みんなが帰ってしまっても一人で酒場の端で、明日が休みというと、終電近くまで、暗くジクジク飲んでいた。どこの飲み屋も有線から、小さく流れている曲は山口百恵ばかりであった。早くも一九七九年が終わろうとしていた。

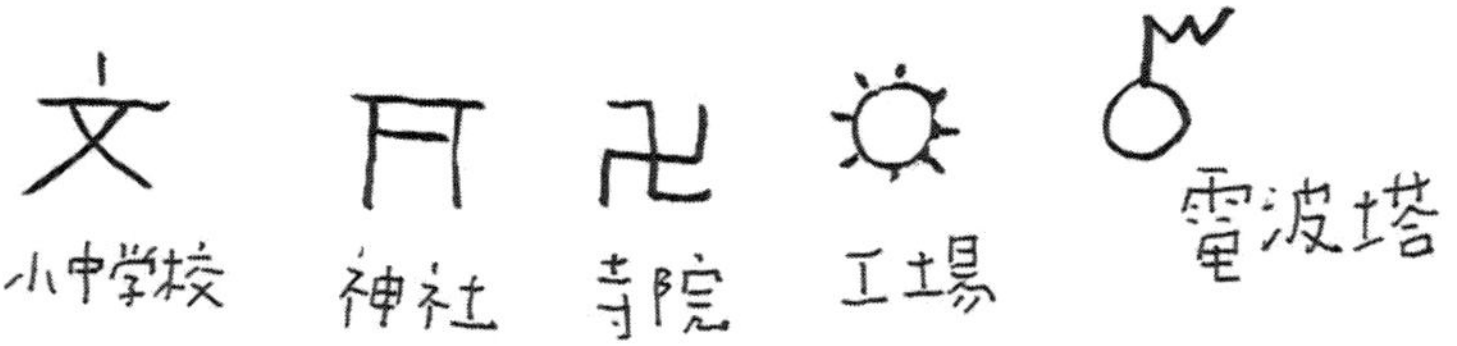

目黒考二と椎名誠

「本の雑誌社」の初めての単行本は椎名誠の『もだえ苦しむ活字中毒者地獄の味噌蔵』であった。一九八一（昭和三六）年に発売された。

八〇年代に入ると世の中の景気が鰻登りによくなり、出版界も活気が満ち溢れ、初版がいきなり何万部という本が、次々に店頭に並び、新聞の書評が出ると、瞬く間に増刷が重なり潤っていた。

地方の小さな駅前の書店の平台にも黒柳徹子『窓ぎわのトットちゃん』、田中康夫『なんとなく、クリスタル』などが積み上げられ、店の外には新創刊の優雅な女性誌の旗が揺れていた。

一方「本の雑誌」も新宿・紀伊國屋書店のカウンターに置かれるようになり、出すごとに部数も伸びて一万部を超えるようになっていた

それまでの四谷三丁目の机だけしか置けないマンションの角部屋から、いよいよ信濃町の二間のマンションの事務所に移り、発行人の目黒は「これか

らだ」と張り切りだした。

だがまだ編集長の椎名が雑誌作りに真剣になっておらず、「いい原稿が集まったら出そう」という鷹揚としたスタンスであった。この考えは同人雑誌ならまだ許されるが、出版の大筋からは失格である。

その頃は同じマイナーな雑誌に、お互いの雑誌の発売日を載せた、広告を交換するシステムがあり、「本の雑誌」も「××月中旬大々的に発売」と意味がよくわからない沢野ひとしのカットを載せてPR広告を出していた。

だが広告を出しても、いつになっても編集が間に合わずに雑誌が出ず、読者から「いつ出るのですか」「バスで三日間も本屋に通った。バス代を返せ」「いい加減に出せ」などというハガキが殺到した。

さらに目黒が書店回りをすると、「本の雑誌はまだか」と客がうるさいから、「キチンと発売日を守れ」と叱られる日々が続き、ついに交換広告に「発売日が遅れたぐらいで死にはしない」さらに「本の雑誌は発売日を謳わない」とふてぶてしい文字を載せるありさまであった。

その頃電話番をしていた木原ひろみ（現群ようこ）は書店からの追加注文のかたわら「いったい、いつ出るのだ」という読者からの怒りの電話にうんざりしていた。「私の責任じゃない、社長と編集長とイラストレーターが悪

い」といくらか腹を立てて毎回電話を置いていた。

この頃、四谷のしんみち通りの「ぴったん」という居酒屋に近くの出版社や書店員が集まってみんな穏やかに本の話をして飲んでいた。

松田聖子の「青い珊瑚礁」や近藤真彦の「ギンギラギンにさりげなく」が店の有線放送がよく流れていた。

景気がいいと飲み屋での争いごとはなくなるものである。七〇年前後の新宿、甲州街道の近くの酒場では、終電が近くなると、あたりでは襟を摑み上げ、大声を張り上げ喧嘩が始まっていたものだ。

八〇年代になると、通勤電車の中でウォークマンが流行り、ヘッドホンを耳にして、音楽に合わせ体を揺らしていた。喫茶店で原稿を書きながら、耳元で音楽を聴く物書きも増えてきた。

ある時に事務所の目黒の机の端にカセットテープがあり、チラリと見ると、薬師丸ひろ子の「セーラー服と機関銃」の文字を見つけた。「ふーん彼はこんな曲を聴いているか」とちょっと意外な気がした。私はカントリー音楽かアメリカンポップスしか興味がなかった。

雑誌の発売日も問題を抱えていたが、椎名誠の『もだえ苦しむ活字中毒者地獄の味噌蔵』は当初の発売予定より、一年以上遅れた。「どうせ遅れるな

ら広告をやめておけ」という怒りの読者からの抗議もあったりした。あまりに発売日がいい加減だと流石に、出版社としての信用を失う。発行人の目黒が椎名に原稿入稿日を確認して、「平気だ、間違いない。オレが嘘をついたことはない」という確認をとって広告には発売日を入れていた。

さらにこの本は売れると目黒は確信して、書店用のポスターまで作り張り切っていた。だが椎名の原稿はいつになっても書き終わらず一年後にやっと完成した。

さてここからがまた険しい山道が待ち構えていた。Ａ５判の大型本の割付けの時に、空いているスペースにイラストレーションをむやみやたら盛りだくさんに全て組み込む作戦をとった。さらに一ページ、半ページと、イラストのスペースをとった。

私はそれまでいわゆる飾りの小さなカットしか描いたことがなかった。文に合わせたさし絵は初めてであった。その文、その読み物に合わせて絵をつける作業に戸惑い、ペンを握ってもまったくアイディアが浮かばなかった。

その前の年には勤めていた絵本出版社のこぐま社でまたしても、営業部長とその下で働く二人が、社長の編集方針と合わずにあっさり退社をしてしまった。まったく小さな会社は常に不安定な揺れる小舟に乗っているようなも

のである。

　仕方がなく私は営業の仕事を任されたが、大雑把な人間なので、丁寧に書店歩きをして注文をとる、従来までの書店営業のやり方が苦手で、なんとかセット販売ができないかと、楽に稼ぐことばかり考えていた。

　さらに細かい注文より、児童書売り場の平台に絵本が並べられることばかりを思案し、大型書店だけを中心に歩いていた。社長の方針は小さな本屋を大切に、その店の店長に納得してもらい本を置いてもらう道を選んでいた。

　年々書店の児童書売り場は拡張し、特に絵本の売り上げが伸びていた。全国に児童書専門店が展開し、さらに保育園や幼稚園での「読み聞かせ」が盛んになっていた。

　月賦販売で本を売る「ほるぷ」での部数も、社にとっては願ってもない再版の力になった。

　売り上げが伸びると、会社の業務も増えて一気に編集、営業、経理と人が増えてきた。

　丁度その頃に五年ほど住み続けた都営住宅の建て替え問題がもち上がっていた。更地にして高層のビルに建て替えるというのだ。もし新しい家を建て

るならば無利子で、都から千五百万円を融資するという。そのころは銀行から一千万円くらいなら簡単にお金が借りられたので、家を建てる決心をした。それまでわずかに貯めていた貯金と合わせ土地探しから始めた。中古の家では融資が受けられなかった。

妻は都の養護学校の試験が通り、以前のように教員生活に入ったが、勤めていた学校が自転車で行ける距離なので、もし仮に家を建てるならば、遠くから通う場所では無理であった。教員は別の地域に異動することは容易ではなく、とりわけ入ったばかりの学校では無理であった。

春に多摩のさらに郊外に小さな家を建てた。

庭は車を一台置くとそれで終わりの広さであった。しかしやっと自分の家が持てて気持ちが落ちついたことも確かである。

私が、絵がいくらも進まないで悶々としていると椎名が「もう少し書きたしたいことがある」と、最初のページより四十ページも本が厚くなってしまった。

原価計算をすると、ポスターに記載していた定価より上がってしまい、またたポスターに新定価の訂正シールを貼りに回るしかなかった。目黒が謝りに書店を歩くと、ある書店の主人に「お宅は本を作らずに、シールばかり

作っているね」と呆れられた。

私は「暮しの手帖」の花森安治のイラストが好きであった。欧米風のランプや椅子を描く線に味があり、よく真似をして写していた。

だが椎名誠の新刊の文には、そんな上品なカットは似合わない。ではどんな絵が合うのか？　これまでに細かいサイズのカットはこれまで山のごとく描いてきたが、大きいサイズの絵は描いたことがない。休日には新築の二階の自分の部屋で机に向かうが、一向に気持ちが動かなかった。

最後の締め切りが、お盆の夏休み明けであった。目黒からはもし間に合わないなら「絶交」、椎名からは「破門」を通知する電話が入った。

二人からは絵の指図、指示は全くなかった。ただ「斬新で画期的な革命的な絵」と言われた。夏休みの三日間、もう後戻りできないと、朝から深夜まで、ペンと修正液を横に置いてとりあえず紙にすがるように描いた。

今回の本の参考になるようにと、会社の帰りに早稲田通りの古本屋でイラスト集を買い求めていた。だが横に置いてみてもなんの足しにもならなかった。自分の頭、体からわずかに湧き上がってくるイメージしか手には伝わってこなかった。

「もしかしたら描けないのではないか」そんな恐怖心が布団に潜り込んでも

渦巻いていた。

こんな時に酒を飲むと荒れてしまい、放棄してしまう危険があるので、酒だけはじっと我慢して、なおかつ酒瓶は全て捨てた。

椎名誠の文の特徴は「ひらがなが多い」「擬音」「だもんね」といった読みやすい文章であった。文に動きやうねりがあり、読んでいると一緒になってお神輿を担いでいる錯覚に陥る。

一昔前の文学青年が使いたがる、しめやか、しなやか、恨み、苦悩、孤独、憎悪、隠忍、煩悶、悔恨といった、まるで辞書にしか出てこないような文字は一つもなかった。

徹夜をしてなんとか朝方に全ての絵が終わった。お菓子の空箱に絵を入れて、妻に多摩の本局の郵便局に行ってもらい速達で出してもらった。「大変だったね」と妻は笑っていた。

その日の午後に多摩の焼き鳥屋で、ひとりでハイボールを飲みながらしみじみと「終わった」「あの地獄の味噌蔵から抜け出れた」とコップを手につぶやいていた。

一九八一年の春に二年も待たせた本が店頭に並んだ。待たせたかいがあったのか、増刷に増刷をかさね、目黒は歓喜した。

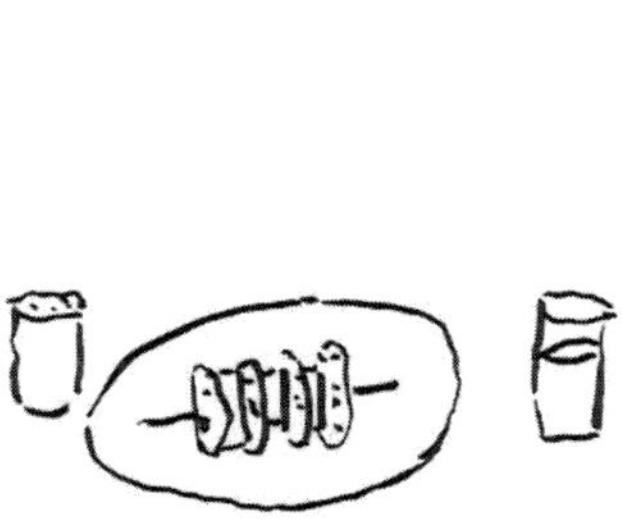

さらに添えられたイラストについて椎名誠は「異常画」とある雑誌のインタビューで答えていた。だが私にとっては最大の褒め言葉で、これは涙が出るほど嬉しかった。

この本が評判になり私の運命もまたしても大きく変わっていった。

独立

初めての単行本は一九八三（昭和五十八）年に出版された『ワニ眼物語』（本の雑誌社）であった。Ａ５判の大きなサイズで、文の方は編集者の手がだいぶ入りまとまったが、またもや挿絵が遅れて、予定された発売日から大幅に遅れた。

いつものごとく小さなカットは楽しくペンが動いていくが、紙面一杯の大きなイラストレーションとなると、アイディアが思い浮かばず、悶々として結局酒にすがり逃げることになる。

「考えるより、手を動かせ」と目黒考二や椎名誠からくどいほど催促を受けるが、「文に似合った絵がまとまらない」ことに尽きる。なんとか誤魔化し半年してやっと書店に並んだ。

つまり挿絵とは、仮に「パチンコに明け暮れている男」と文に書かれていたら、パチンコ台の前で玉を出している絵では、当たり前すぎて失格である。

パチンコ屋からうなだれて酒場に向かう、男の後ろ姿を描かなくてはならない。そのジャンパーの後ろ姿には哀愁と、うらぶれたような、はかなげな町の風景も描かなくてはならない。さらに電信柱の張り紙の文字もかすかに残したい。一枚の絵に思いついた着想を、さりげなく盛り込むことが大事である。

初めての本が生まれたが、挫折感というのか「これではプロとして食べていくのは無理だな」と悟った。すでに三十九歳に差し掛かり、そもそも新人の物書きのスタートとして遅すぎた。

一方椎名誠はまるでブルドーザーが丘を崩し、みるみるうちに新しい宅地造成をしていくかのように、新しい本が次々に発売されていった。彼の本の何冊かは挿絵を描いてきたが、表紙の絵を描いていく技量はなく、装丁家は別のイラストレーターに注文していた。

確か椎名が「オール讀物」の連載をまとめた『赤眼評論』（文藝春秋）を出すときに、装丁家から表紙の依頼を初めて受けた。だがやはりというか締切がとうにすぎても全く考えがまとまらず、何も絵が浮かばず描けなかった。

担当編集者から勤めていた会社に何度も電話が入り、声を抑え頭をついつい下げて言い訳をしていた。会社の同僚たちは度重なる出版社の電話に不信

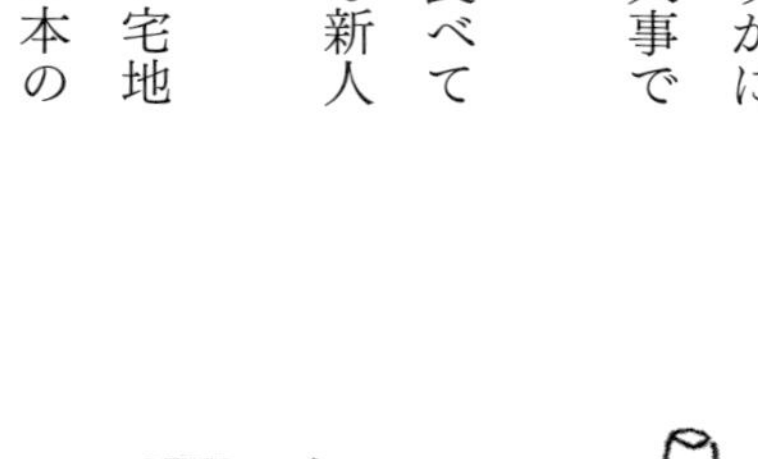

感を抱き「二兎を追うものは一兎をも得ず」といった嫌味を言われた。

装丁家は業を煮やして、絵をつけず太い文字だけの表紙に落ち着いた。その本を手に取った時「プロの仕事は違うな」と感心し深い挫折感を味わった。その後その装丁家からは一度も声がかからなかった。

だが不思議でならないのは椎名誠はなんのこだわりなく、編集者を通してこちらに連載の挿絵を依頼してきた。高校時代からの友達だからといって、安易に絵を頼めるものではないはずだ。私はそのことについて黙っていたが、彼からも何の音沙汰もなかった。

時折「きちんと文を読んで絵をつけろ」と怒りの電話があったが、すぐに「来週あたり、新宿で飲もうぜ」であった。

本の雑誌社も世の中の景気に合わせるかのように、信濃町から新宿五丁目の細長いビルに引っ越しをし、雑誌も単行本も好調に売れていた。

私が勤めていた絵本出版社は早稲田大学の学生会館の近くにあった。原稿やイラストが間に合わない時は、そっと静かに抜け出して、大学の側の喫茶店で辞書を片手に小さ目の原稿用紙を広げていた。

この喫茶店はまるで昭和初期からあったような、蔦が絡んだ古ぼけた木造の建物で、ドアーを開けて室内に入ると、一瞬戸惑う暗さであった。小さな

テーブルにほのかな灯りのスタンドがあり、しぼったクラシック音楽が流れている。文学部の暗い学生にとっては居心地がいいミノムシが住む空間の喫茶店であった。

家で原稿がまとまらない時は、この蔦の喫茶店に逃げ込むことにしていた。切羽詰まっている時の場所としては最適であった。ここに来ると案ずるより産むがやすしであった。夜に渡す原稿を書き上げて会社に戻る時、歩きながらしみじみ「会社勤めは無理かな」とこれからの身の振り方を考えていた。

作家や画家の本を見ると、人は育った時代、風土から離れて表現していくことはできないのだと強く確信していた。

いつも会うと原稿の催促ばかりの、本の雑誌の連中から次第に離れ、新宿から逃げて表参道や青山のバーで飲むことが多くなってきた。

広告業界や音楽関係の仕事を受けるようになってくると、自分の服装もいくらか派手になり、時計もロレックスに変わっていった。輸入された分厚い手帳に、付箋をベタベタ貼った広告代理店の担当者は「これから景気が爆発します」と怪しい笑顔を浮かべていた。

そしてアウトレット・モールが郊外に生まれ、横浜のベイエリアに巨大なショップやレストランができた。その恩恵を受けたのはデザイナーであり、

コピーライター、イラストレーターであった。

外車の販売会社の店舗から依頼があった。地図と簡単な文章をつけるだけの仕事であったが、謝礼の金額を聞いて、すぐさま飛びつき、舞い上がった。出版社とはイラストの金額が一桁違っていた。カメラマンと半日歩き、その夜は青山のバーで広告代理店の人と飲み、「まあ、おたく達におまかせ致しますわ」と鷹揚に話はおわり、後は香水の強い女性たちに興味が移っていくのであった。ラフな案も出すことなく、企画がすんなり通る時代であった。

人は手をかけずに入ったお金を持つと、身を滅ぼし横柄な人間になるものだ。まさに悪銭身につかずである。身の丈にあった酒場から、自分を大きく見せたいために、背伸びをした店に移りたがる。

つくづく隠れ家みたいな小さな仕事場が欲しかった。その頃は飲み疲れて遅くなると会社に近い、高田馬場のビジネスホテルによく泊まっていた。窓が開かないベットだけの狭いホテルにいると、胸が押さえつけられるような気がして、まともな睡眠は取れなかった。

ある時に青山のやたらに長いテーブルがある店で飲んでいたら、顔見知りになった羽振りのいいＣＭ映像会社の社長から、「ウチの会社の三階の奥が空いているから使ったら」と願ってもいない話が舞い降りてきた。

社長に紹介されて案内されたビルは、幾分傷んだ三角形をしていた。建物はまるで白いコンクリートのピラミッドのように見えた。敷地面積が狭くて制約された建築だという。狭い階段をあがり、三階につくと、四畳半ほどの板張りの小さな部屋があった。分厚いカーテンを開くと、なんとそこに青山墓地が一面に広がっていた。夜の真っ暗の墓地を見るのは初めてであった。まるで都会のど真ん中に闇の広場があるようだ。

しばらく使われていなかったのかクモの巣が天井近くに広がっていた。「ここで仕事をするのか」そう思うと気が進まなかった。「まあ確かに墓地が目の前だから、このビルを格安で手にできた」と相手は正直に話してくれた。だが部屋を掃除して板張りの床に淡いベージュの絨毯を敷き、木のテーブルやイス、窓際に大きな本棚を置けば「使えないことはないな」と思った。「墓地は見ないことにすればいいだけだ」そう思った。近くのビルもみんな墓地に隣接しているのだからそれほどこだわる必要はないかもしれない。「それで家賃はいくらぐらい」とおそるおそる尋ねると「使い道がなく、荷物置き場でもと思っていたんだ」「うーん安くするよ」と金額は言わなかった。「しばらく使って気に入ったら」と相手は言葉を濁した。

しかし自分の隠れ家にピッタリと思えてきた。思い切って「では少し手入

れして使わせていただきます」と頭を下げた。

一九八二年に赤坂のホテルニュージャパン火災があり、多数の死者や負傷者を出したことがふとよぎり、ここに来るなら消火器をすぐに設置しようと思った。

「屋根裏」と呼んでいた室内もアルバイト学生と掃除をして、北欧の家具を入れ、明るいマチスのポスターを貼ると、なんだか落ち着ける空間が生まれてきた。

気をつけたいのは左右に三角壁が迫り、頭をぶつける危険があったことだ。トイレが二階にあるのも不自由であったが、それ以外は後ろが墓地のために静かで、原稿やイラストの仕事も捗る気がしてきた。

会社で受け取る給料に毎月のイラスト代が近くなった時に「やめる潮時がきたな」と会社に退職届を出した。

十五年勤めた会社にはまだずいぶん恩義が残っていた。だが最後の三年間は原稿書きに追われ、会社の仕事は実にいい加減に過ごし悔いが残る。

ボンクラな自分を拾ってくれた社長には合わす顔がなく最後の挨拶も避けていた。同僚にもずいぶん迷惑をかけてきた。会社に行く最後の日は、誰も居ない休日を選び私物を取りに車で出かけた。

静まりかえったガランとした部屋が、自分からじわじわと遠くに離れていくようである。机の引き出しを開けると、書類の他に大量な名刺が入った箱が出てきた。持ってきた段ボールに無造作に入れながら、そこに十五年分の重みというものを感じた。

帰りの車から見た早稲田の風景はモノクロームの寂しげな町に見えた。もうここに来ることはないなと思うと寂寥感で胸が痛んだ。

退社してからは青山の屋根裏に毎日のように通うことになり、気分的には会社勤めから離れて解放感があった。

だが思っていた以上にイラストや原稿依頼の電話は鳴らなかった。名刺を作ったが渡す相手も増えず、暇になると、古本屋や青山の洋書を扱う書店を覗き、夕方になるとみんなが集まるバーで、ひとり離れじっくり酒を飲んでいた。

痛飲した時は山用の寝袋とマットが屋根裏部屋に置いてあるのでそこで寝た。時々大きな本箱の横の窓を開けて、墓地をぼんやりと見つめている時もあった。

春分が近づくと線香の匂いがあたりに流れて来る。自分の両親のお墓参りは、いつの間にか兄弟の間で桜が咲く頃と決めていたが、兄とも疎遠になり、

姉妹も体が弱り、みんなが集まることも少なくなってしまった。

　会社を辞めたことに関して妻は何も言わなかった。ただ青山に泊まることはやがて自堕落な、悪い事態になると、注意の言葉を挟んでいた。「生活はきちんとして」と言った。

　ある寒い冬の夕方に自宅に電話をすると、小学生の娘が電話口に出てきて「お母さんはまだ仕事から戻らない。この頃お父さんが家に帰ってこないと心配していたよ」と言われ言葉が詰まった。

「心配することないって、平気だよ」と言い電話を切ったが、自分がいったい何をこれからしたいのか、さっぱり答えが見つからなかった。

　バブル景気というが広告業界は派手に動き回っているようだが、イラストレーターはその恩恵を大して受けていなかった。

　だが大手の不動産会社の定期広告の仕事で、会社勤めしていた頃の月給の倍の金額が振り込まれてきた時は、「これで助かった」と心の底から安堵した。まずとにかく住宅ローンの返済をできるだけ早く終わらせたかったのだ。早めの返済をすれば利子も減っていき生活が楽になる。

　だがそんなうまい仕事は三年も続かなかった。不動産会社は海外投資に失敗して、気がつくと倒産し会社は溶けてしまった。

それと同時に浮かれたようなイラストに飽きられ、仕事の依頼は皆無になっていった。

街に流れていた安全地帯の「ワインレッドの心」があの時代を的確に表していた。

彼女の名はノエル

青山の三角形のビルの部屋に通うようになって、時間があると近くを散歩するのが何よりも楽しみになっていた。

南青山三丁目から外苑西通りを、青山霊園に沿って大きく迂回するように下っていくと西麻布に出る。この辺りは都心の高低差の地形が入り混じり、谷地への階段が多く点在して、路地を歩いていると迷路に迷い込んだ錯覚に陥る。裏路地は近くに住んでいる人の庭のようで、花壇やイスが置かれていた。

三丁目の交差点からすぐに降りるとライブハウスの「マンダラ」がある。カントリーバンドが出ている時は決まって覗きに行って、裏の店でバンド連中と酒を飲み交わしていた。あるいはジャズ仲間に誘われて「ピットイン」で軽く飲むこともあった。

三丁目の裏路地は元々笄川《こうがいがわ》の支流だった所を埋め立てて造られた道で、

うねるように曲がっていた。細い路地はやはり車が入ってこれず、小さな飲食店が固まって店が連なり、二次会はここで済ますことが多い。夏など店の外で宴会になる。暗渠になった通りは開放的な空間が生まれ、酔った連中は浮かれたように空を見上げていた。

ＣＭ映像会社は好景気に合わせて、千駄ヶ谷にある、コンクリート打ちっぱなしにガラス張りの、モダンな建物に移っていった。元の青山霊園そばの三角ビルの事務所は映像関係の機材置き場となっていった。建物の前に三台ほどの車のスペースがあったが、本体が千駄ヶ谷に移転したために、駐車場が空き、そこに自分の車を置けることになった。

屋根裏の部屋と駐車場代として、家賃は五万円という破格な金額で折り合いがついた。時々酒を飲み、遅くなる時は、骨董通りの近くにできた新しいホテルに泊まっていた。

事務所があるとやはり仕事に集中できるものだ。多摩の自宅を車で出るのは、きっちり朝の七時であった。九時には机に向かい、夜は八時までイラストや原稿を書いていた。十五年間の会社勤務が終わってフリーになれば、稼ぎは自分だけが頼りになる。誰にも頼ることはできない。といっても追い詰められた気持ちはなく「まあなんとかなるだろう」と気軽に考えていた。

その頃、イラストレーターの間に版画のブームが訪れていた。一枚の絵を描くより、版画で作品を作った方が、稼ぎは数十倍となり、優雅に暮らせるといった安易な風潮であった。

友人に紹介された版画工房は、千代田線乃木坂駅の坂を下りた、乃木神社の側にあった。広い道路から細い路地の裏に入ると、周りは大きな崖で囲まれ、そこにマンションが覆いかぶさるように建っていた。典型的なすり鉢状の窪地で空気が淀んでいる感じを受けた。

蔦が絡まる古いビルの一階の奥に工房はあった。重い玄関ドアを開けると、いきなり大きな銅版画の電動のプレス機があり、少し離れたガラス越しの部屋に、版画の作業をしている青いエプロンをした女性が二人、机に向かい銅版を磨いていた。そして庭に面してもう一つ大きな本棚がある部屋があった。

工房のマスターに挨拶すると、思ったより気さくな感じで銅版画のシステムを話してくれた。工房の中は、まるで銅板を使った子どもの工作部屋に思えて惹かれるものがあった。

ビギナーズラックという言葉がある。初心者が往々にして得る幸運のことである。マスターが渡してくれた手の平に乗る小さな銅板に、鉄筆に鋭い針がついた道具で「何か好きな物を描いてください」と言われ戸惑った。

しばらくぼんやりとイスに座り、青いエプロン姿の女性たちの作業を眺めていた。その頃青山霊園の都市伝説と言われていた話のひとつ、雨の夜に狐が出てくる噂を思い出した。

深夜、タクシーが霊園の前を通ると、手を挙げる髪の長い浴衣姿の女性がいる。お祭りに行く時の提灯を手にしているという。乗せると「戻ってください」という。妙な客だと振り返ると、なんと座席に誰もおらず、シートがうっすら濡れていて、リアーガラス越しに遠くにキツネが提灯を手に立っていたのが見えたというのだ。

そんな話をふと思い出し、銅板を先が尖った道具で直接引っ掻く方法で描いていった。キツネが提灯を持って立っている姿を描いた。やわらかな銅は意外に滑りもしないで線が掘れていく。

後にこの直接銅板を彫るシンプルな技法を、ドライポイントというと教えられた。金属のまくれにインクを詰め、残りのインクを拭き取って紙を置き、圧力をかけたプレス機で押さえつけると、滲んだ味のある線が浮かび上がってくる。

「ああこれは雰囲気がある」と、プレス機から紙をそっと取り出しマスターはやけに感心したような声を出した。

エプロン姿の女性も覗き込み「キツネが生き生きしている」。確かに提灯の灯りが黒一色の世界に、ほのかにぼんやりと浮かび上がり、怪しい雰囲気を醸し出し、自分でも予想していなかった出来上がりに気持ちがザワザワしてきた。

マスターはさらに「やはり素朴な絵が銅版画に合うね」と褒めちぎるのであった。

もしかしたらこれは自分にとって、大きな転機になるかもしれないと、いくらか興奮していた。銅版画の最大な魅力は、誰でもそれなりに「作品」らしくなることである。だが、そこが版画の落し穴であることが後に判明する。

神保町の文房堂で銅版画に必要な機材を揃え、乃木坂の版画工房に毎週二回通うことになった。

三角屋根の事務所から乃木坂の版画工房まで青山霊園を突っ切り歩いて三十分ほどである。最初、昼間のうちは霊園の著名人のお墓を、ぶらぶら見学するようにお参りしていた。網野菊、尾崎紅葉、志賀直哉、国木田独歩、忠犬ハチ公。「少しでも才能をお裾分け下さい」と健気に手を合わせていた。

都心に残された静かな緑地と言われ、桜の季節は賑わっている。だがしかし夜になると、辺りは静まり返り、乃木坂トンネルから霊園通りを歩くと、

後ろから霊気が忍び込んでくるようで早足になる。

お墓の辺りは鬼籍に入った人の気配が漂っている。足早に明るい外苑西通りに出ると、大きくホッと息をついた。そんな時は屋根裏の事務所に戻り、ワインを一口飲んで邪念を払うことにしていた。

自分でも感心するほど、規則正しく休まず版画工房に通っていた。銅版画にこれほどのめり込むとは思ってもいなかった。無我無中の時は人は幸せになれるものだ。十時に工房に入り、昼飯も食べずに夕方まで一心不乱に版画に向き合っていた。

銅版画は絵が完成するまで、時間がとてつもなくかかる。超えていく工程がいくつもあり、時間を掛けようと思うと際限がない。私のような短絡的な者には向かないと言われるが、ひたすら銅板の角を磨いているだけでも満足し、充実した時間に思えた。

春分を過ぎた頃、工房にまるでアンデス地方で着るような派手な色彩の毛糸の上着を着た人が現れた。

マスターと前からの顔馴染みなのか、砕けた挨拶をして、お互いに久しぶりと笑い合っていた。紹介されると相手は「ノエルです」と言い、スッと握手をしてきた。真っ直ぐに人の目を合わせ微笑んでいる。自信が体中から溢

れているようだ。

パリの16区の版画美術学校から三年ぶりに戻ったばかりで、この版画工房でしばらく制作するという。

背が高く物おじしない態度に、まだパリの匂いが残っているようであった。こちらは文庫本の半分ほどの小さな銅板に、ブランコに乗ったキツネを描いていた。マスターに言われ、キツネシリーズを何枚も続けていた。

彼女は刷り上がった「キツネの学校」という絵をチラリと見てかすかにエクボをつくり笑った。マスターに「では来週にでもお電話をして来はりますわ」と帰って行った。

マスターは「あの人は京都の美大生の頃に版画新人賞を取った」と言った。「ノエル」はどうもあだ名らしい。良くわからないが、フランスにかぶれているから、ノエルとなったそうだ。なるほど名は体を表すものだと頷いた。背筋が伸び、眉がいくらか上がった顔が自信に満ち溢れているようだ。

版画工房に行く楽しみには「未知」のものに挑戦する喜びもあった。キツネシリーズは絵本につけるさし絵でもあった。適当にキツネの絵を描いているわけではなかった。

三角屋根裏で銅版にしたい絵を描き、工房で試し刷りをして何度も修正を

重ねて、一枚の絵が完成する。失敗すると銅版画はとてつもなく修正に時間がかかり、投げ出したくなる。それだけに絵は慎重に構図と着想をじっくり練り、スケッチ帳に何度も下書きをする。

ノエルが工房に来ると大きなヒマワリが咲いたように辺りが明るくなった。マスターとフランス映画の話をよくしていた。

私は銅版画の中でも最も多いエッチングという方法をとって絵を仕上げている。腐蝕液に銅板をつけて、線を中心にした作品になる。

一方ノエルは、さらにその上に松脂の粉を振りかけた、アクワチントという技法を重ね、淡い濃淡を出す仕上がりに向かっていく。絵はパリを舞台にした男女の、恋の駆け引きといった背景があった。銅板も厚く両手で持ち上げる大きさであった。おそらく一枚仕上げるのに二ヶ月はじっくりかかるはずだ。パリの街の風景が細かく描かれて見事である。

ある夕方マスターがたまには三人で飲みに行こうというので、早めに版画の道具を片付け、近くの居酒屋で飲食をした。

ノエルは思ったより気取りはなく話しやすかった。「もうすぐ三十路ですねん」と照れたように手を振った。美大出の人に多い芸術論をかます人は苦手であったが、ノエルは版画以外、絵画の芸術的な話はしなかった。高校時

代はバレーボールの選手だったという。「毎日どこかを擦りむいていた」と言った。

マスターはパリの工房の刷り師の事を、しきりに聞いていた。すると彼女はどこの工房も不良親父が多く、すぐに手を出して来るので困るねん、と体を揺らした。

しばらく飲むとまだ八時前だというのにマスターは「みんな遠いからボチボチ帰りますか」とつれないことをいう。そういえばマスターはコップ一杯のビールで満足する人であった。

彼の家は朝霞の山奥のさらに奥という。ノエルは福生の古い米軍ハウスで、こちらは多摩の郊外でみんな遠い。マスターは赤坂駅に向かい、残りは乃木坂駅に戻り坂を登っていった。

お酒が入ると三角屋根裏で泊まることがたまにあるが、まだ段ボールを敷いて寝袋で寝るには寒い季節である。

坂を上がって行くとタクシーが来たので、贅沢に新宿駅までノエルと一緒に乗った。お互いにもう少し飲みたい気分である。久しぶりに新宿三丁目界隈の馴染みの居酒屋に行きたくなった。

彼女に確かめると二度頷いた。「本の雑誌」の連中が溜まり場にしている

地下の居酒屋に入っていくと、案の定仲間が肩を寄せ合い酒を飲み交わしていた。

「まずい」とノエルの肩に手を置き彼らが絶対に来ない三越裏のバーに潜り込んだ。

ビルの七階にある、小型の列車模型Nゲージが走る店は、前に建築デザイナーに誘われ入った店である。静かで、若いバーデンダーも親切であった。

「なんで逃げてきたの」ノエルは意味もわからず口を尖らしていた。

私はいつも原稿が遅れて、彼らに迷惑をかけている。だから避けている。というと「でも逃げることはないやねん」とビールを注文してこちらの顔を覗いた。

「いつも原稿が遅くバカにされている」

「何もそんなことで、屈折することなんかないじゃない」

「………」

「私なんかパリの画廊に絵を見てもらうためにどれほど歩いたか。もう東洋人というだけで門前払い」「住んでいたところも製本倉庫の横の小さな小屋で。全く思い出すのも辛い、暗く寒い部屋だった」「パリの冬は長く、憧れて行った者は金持ち以外みんな挫折するねん」

もう少し明るいパリの版画工房の話を聞き出そうとすると、今度は福生の米軍ハウスのことを話し出した。

「ここも呆れるくらいボロ屋で隙間風が入り、給湯器が壊れてお湯も出ない」「お風呂もここしばらく入っていないねん」と顔をしかめるのであった。

パリから戻り、友達が急遽探してくれた部屋は家賃が安くて助かったが、ハウスは部屋というより機材置き場の倉庫に近いと嘆いた。

「お風呂に入りたい」ノエルはさらに「願わくは温泉に入りたい」と繰り返し呟く。

ふと西口公園の裏の天然温泉を思い出した。「じゃあこれから新宿十二社《じゅうにそう》温泉に行こうか」というと「温泉温泉」と彼女は繰り返した。

その湯に入ったことはないが、都内の観光の雑誌によく出ていた。「お湯は真っ黒だよ。コーラと同じ色らしい」

「そういう温泉こそ体の芯まであたためるやん」両手を胸のところで結んだ。

「ここからタクシーで十分もかからない」ノエルは何度も頷きビールをグラスの半分も飲まない内に「温泉に行きたいわ」と繰り返し口にした。

東京都庁のある場所は、その昔は淀橋浄水場であった。小学生の頃に社会科見学で「ここは都民の大事な水源地」と言われた。やがて東村山浄水場に

その役割を移し、その後は日本で初めての高層ホテル・京王プラザホテルが建ち、さらに都庁ができ、木々が繁った西口公園、運動広場と都市の広場になっていった。

その裏に十二社温泉があった。私が大学生の頃まで熊野神社の前には、大きなひょうたん型の十二社池が残っていた。池の周りに梅の名所と慕われた、昔の花街の名残がふんわりと残っていた。料亭や休憩と書かれた旅館。二人組の姿を隠すように、茂ったツバキの木があった。

十二社温泉の入り口周りのほんわかした雰囲気は、古い時代の空気をかすかに残していた。ビルの一階がエントランスで、受付や浴室は地下にあった。噂では聞いていたが、湯に浸かるのは初めてであった。開業は一九五七年で地下一〇〇〇メートルから汲み上げられている本物の天然温泉で、体に良い褐色の湯と案内板に書かれてあった。サウナもあり、タオルなどの付属もあるので、入浴料は思いのほか高かった。飲む前にと新宿で温泉を気軽に利用できるということで、人気が出てきたのは、フランク永井の「有楽町で逢いましょう」がヒットしていた頃であった。

三種の神器といわれた、テレビ、電気洗濯機、電気冷蔵庫が家庭に入り込んだ時代である。この頃はまだ十二社界隈は親父たちの密かな歓楽街だった

のだ。

畳の休憩室がなんとも風情がある。ノエルは神妙な顔つきで女子と書かれた暖簾をくぐって行った。古びた暖簾に過ぎゆく西口の新宿を感じさせる。浴室は細長い内湯と半露天風呂がある。掛け流し温泉と本格的で期待が高まる。浸かると黒い湯は重曹分を含んでいるのか、肌がツルツルしてくる。目をつぶりしばらくよしなしごとを考えていると、、サングラスをしたゴツい体のオヤジが入ってきた。湯に浸かりながら湯と同じ黒いサングラスをしている輩《やから》を初めて見た。

「ここは初めて来ました」と挨拶すると「オウオウ」と天井に反響する大きな声が返ってきた。

少し怖かったので、黙ってじっと黒い湯に浸かっていると「都内でも黒い湯で三本の指に入る」「黒い湯は体を再び覚醒させる」と言った。覚醒という言葉にインテリを感じたが、小林旭の「熱き心に」を歌い出したので、そっと半地下の、周りが大きな岩で囲まれた露天風呂に移動した。

あまり浸かっているとのぼせるので、サウナはやめて早めに上がり、休憩場でしばらくテレビを見て和んでいると、

「ああ気持ちが良かった。誰もいなくて独り占め」

頭にタオルを載せたノエルが両手をぐるぐる振り回している。三年分の垢を擦ってきたと、ここで買った小さな垢擦りタオルを見せてくれた。柱時計を見るとすでに十一時近くになっていた。

温泉があるビルを出てすぐにタクシーで新宿駅に向かった。その時に京王プラザホテルをノエルは指差し「あんなホテルに泊まりたいな」と呟くように腕を回してきた。「また湯に浸かるのもいいものだ」というが、私は返事をしなかった。新宿駅で別れる時に彼女は「案外勇気がないんですね」と鳩のようにクッククと笑った。

チャンスを逃さない私にしては珍しいことにノエルの誘いには応えなかった。というのは彼女の開けっぴろげな性格を知っていたので、噂がすぐに広がるのを恐れていた。特に版画の世界は狭くて意外に保守的であった。帰りの京王線の電車から外を見ると、林に囲まれた沼の公園が暗く広がっていた。

バブル景気が訪れたというが、こちらにはその実感がまるでなかった。もしかしたらバブルは神保町で見た景色かもしれない。古本屋の裏の土地に地上げ屋が押し寄せ、ブルドーザーが木造の家を津波のように次々と解体していった。

その跡地に高層ビルが立つといわれていたが、目の前で見ているわけではないので、景気が上向きと言われても理解できなかった。

ただひとつ言えるのは広告業界の連中がタクシー券をたばで持ち、羽振りのいい店で飲んでいることであった。さらにフワフワしていたのはカメラマンで、その恩恵は確かにあったようだ。みんな乗る車がボルボに変わっていった。

表参道から根津美術館にかけての通りには目白押しに新しい商業施設や画廊、カフェと立ち並び、若者が増えてきた。人は浮かれた時は金を使い、見栄をはり、モデルのような女性と快楽にふけるものだ。

ノエルがいつの間にか三角部屋をまるで自分の仕事場のように使い出したのには困惑していた。

ある日部屋に行ってみると、イケアの木のイスと折りたたみのテーブルがあった。そのテーブルの上に、なぜか羽毛布団が重なるように置いてあった。「勝手に相談もせず困るんだよな」と思うが鍵を渡していた以上、彼女の行動力を止めることは出来なかった。

丁度その頃ゴッホの「ひまわり」が五十億円超で購入されたニュースが話題になったが、ノエルも版画で一山当てようとしているのか、盛んに画廊に

売り込みをかけていた。

こういう時の彼女の積極性は「パリ」の画壇の話が有効であった。「パリでいま最も人気があるのが版画です」と相手の目にぴたりと合わせていうと、その迫力に負けて表参道や青山の新規の画廊は展示や購入をする店が出てきた。

三角部屋の下に公衆電話のボックスがあり、急ぎの電話をする時は便利であった。まだ携帯電話を持っている人は皆無な時代であった。移動電話は車につけられた自動車電話で、後ろのトランクの横に、柳のように揺れるアンテナをつけていた。ベンツのような高級車には誇らしげに長いアンテナが決まってついていた。

ノエルは、三角部屋にベッドを入れたいという。まさに庇を貸して母屋を取られる、である。だが「まだ稼ぎがないのでお願い」と言われると飲むしかない。

私が「空いている時にいつでも使っていいよ」と曖昧なことをいったせいでもある。多摩の自宅と半々で仕事をこなしていたので、気軽にそんなことを口にしてしまった。

彼女との関係は淡い恋心はあるものの「飲み友達」が一番ふさわしい間柄

といえよう。絵画や版画、デザイン、建築、といった話題は的確で、話していても尽きることはなかった。「強引に物事を進める」ところは、唖然とするくらい勉強になった。

三角部屋にはベッドに小さなチェストの洋服入れ、さらに冷蔵庫、大きな水のタンクと生活感が部屋に押し寄せてきた。トイレと水道は二階だが、それは苦にならないとノエルはいう。風呂はスポーツジムのシャワーで済ますそうだ。

私は根津美術館の近くに、これまた格安なマンションを見つけ、その春に引っ越しをした。三階の六畳ほどの部屋だが、窓から美術館の庭が広がり涼しげである。ベッドや家具付きなところが助かった。家賃は十万円ほどでそれほど負担にはならなかったが、車を止める駐車場代が割高であった。

千駄ヶ谷のCM映像会社に引っ越しの挨拶に行くと社長に「出世しましたね」と言われた。お礼に虎屋のヨーカンを渡すと、そういえば西園寺さんが三角部屋の新規契約の挨拶に来ましたよ、と言った。西園寺はノエルの本名だった。「物おじしない人ですね」と笑いながら「いきなりCMに絵を使ってくれとね」「抱えてきたカルトンの絵をいくつか見せてくれましたが、色彩感覚がいいですね」「まあ今度化粧品会社のCMの絵のコンテを依頼して

みます」と言った。

帰り道、「オレは今まで何一つ、売り込みもしないで、漫然と遊びほうけていたんだ」とうなだれながら青山までぼんやり歩いた。

ノエルは米軍ハウスを引き払い、大きなキャンバスや散乱した画材道具は京都の実家に、絵描き友達のトラックに積んでもらい送ったという。

美術館の裏の新しい部屋は光が差し込み、居心地が良かった。泊まることは週に半分ほどで、新たな山の絵本や旅の原稿を書き始めていた。

仕事がひと段落すると、小さなラジカセでザ・バンドのカセットを繰り返し、擦り切れるほど聴いていた。カントリー調の音が、崩れゆくアメリカの雰囲気をうまく醸し出していた。ビートルズは思想や哲学を曲に込めるから好きになれなかった。ザ・バンドのギターのロバートソンの音に特に痺れていた。

ノエルも飲料水メーカーのCMの絵の依頼を受けて張り切り出していた。一年ほどして三角部屋から代官山の広いマンションに仕事場を移し、アシスタントも二人と増え忙しく動き回り、時には女性誌に「いまもっとも旬なイラストレーターさん」と書かれて、ニッコリ笑い登場していた。

私とノエルの関係も何のトラブルもなく、その後も何年と、会えば淡々と

酒を飲み交わし、笑い合っていた。相手の方が圧倒的に絵の仕事量が多いけれど、特別に羨ましいとは思わなかった。私には何冊かの著書が残った。

だがノエルは不意の事故に巻き込まれ、別れの挨拶もなく、四〇歳を前に亡くなってしまった。知らせを受けて思わず涙が流れた。

ラジカセからは長渕剛の「乾杯」が流れていた。

こうして私の戦後の昭和時代が終わっていった。

2章　満洲

満洲に行ってみる

十代の半ばに時刻表が読めるようになると、行動範囲がぐんと広がった。そして山登りの魅力にのめり込んでいった。頂上に立った時の開放感、達成感は普段の日常生活では味わえない大きな喜びがあった。

高校生の頃から、山岳書や山の雑誌を広げている時は、教科書と違いまったく退屈することはなかった。

信仰登山の時代からやがて大正・昭和の近代登山になると、卓越した力のある登山家が、山の奥深いところへ入っていった。

そんな時代、奥秩父の山を紹介した田部重治《たなべじゅうじ》や小暮理太郎《こぐれりたろう》の紀行文を熱心に読みあさった。本を読みながら地図を広げ追っていくと、自分の足でその地を歩いているような幻想に包まれるのであった。田部重治の飾り気のない文章は、そのまま「山の匂い」が伝わってくるようだった。その後穂高の峰々、八ヶ岳、奥秩父の山を歩いてきたのは、二人の先人の足跡を追いかけ

てきたようなものだ。

晩秋から冬にかけ、里の山道を歩きながら、新雪をかぶった峰々を見ると、その壮麗で近寄りがたい自然の美しさに身震いがするのであった。

とりわけ一人で歩いた鹿島槍ヶ岳や奥穂高岳、八ヶ岳、そして奥秩父の縦走は、今でもいくつもの思い出が重なる。繰り返し何度も回想するのは、その山での充実した濃厚な時間を満喫したからであろう。

山登りに慣れてくると、テント、寝袋、小さな固形燃料さえ持っていれば何日でも、どこまでも峰を越えて歩いていく自信があった。

夕暮れにテントの中で、手の平に収まる小さな携帯ラジオのイヤホンから流れてくる放送を聴いていると、なんともいえない世捨て人になったような気分に襲われるのだった。

ラジオには、スピーカーは電池を食うので付いておらず、イヤホンで聴くものであった。イヤホンのコードはアンテナの役割もしていた。夕食が終わり寝袋に包まり、まるでスパイのごとく密かに、地元の放送局にダイアルを合わせ、天気予報に耳を集中させるのであった。

山から山を越えてきた放送は、宇宙の雑音をも拾うのか、電波の状態はあまり良くなく、時どき音声が途切れてしまう。混信して歌謡曲が流れてくる

こともある。多くは長野の放送局からの電波を拾い、早朝は農作物に関しての話題が多かった。

五十代の終わりの初夏に、徳本峠《とくごう》から大滝山を越え、常念岳に、いつもの山行を共にしている四人の山仲間と向かった。徳本峠は上高地に入る梓川に沿って、車道ができる前の登山道であった。すべての先人たちはこの峠を越えて上高地や穂高岳に入っていった。

芥川龍之介や高村光太郎も、難所といわれるこの峠を元気に登っていった。『智恵子抄』で知られる光太郎の妻智恵子も峠を歩いた。昔の文人は実に健脚で体力もあった。まだ車が発達していない戦前までは列車で移動し、その駅から歩くのが旅であり、峠越えも旅行であった。

徳本峠の小屋もそれだけに古い歴史がある。小屋の横にテントを張り、夕食も終わり、各自個人でテントでまったりしていた。私はポケットウイスキーを沢の水で割り、シェラカップで飲みながらラジオを聴いていた。

山の道具に関してはこれまで慎重に取り扱ってきた。とりわけ石油コンロについては神経質なくらいに注意した。冬山ではコンロの不調は死を招く。長い間愛用してきたラジオも、上から乗っても壊れないように、プラスチックでハードケースを造った。そんなラジオにますます愛着が増すのであった。

そのラジオから七時のニュースの後に「満洲移民」というテーマの座談会番組が流れ、ぼんやり聴いていた。司会者が「なぜ満洲に行ったのか」と訊ねると、

「南信は貧しかったから、国策に従ったまでさ」

低い女性の声に耳を傾けた。

「耕す畑も少なく、満洲に行けば広い土地をもらえると言われて行ったずら」

泰阜《やすおか》村、上久堅《かみひさかた》村（現飯田市）、阿智《あち》村の人びとが声をあげた。

「村をあげての分村移民の東信の大日向村には、国から特別助成金がたんまり出たべ」

　これまでの私は、信州の主だった山はすべて登ってきたと言っても過言ではなかった。しかしこの時のラジオで聴く地名はまったく知らなかった。さらに「東信」「南信」といった信州の地域についても、長野県のどこを具体的に指すのか曖昧でわからなかった。

　自分にはいつも、山の頂上に立つことしか頭になかった。小川の水の匂い、沢沿いのミソサザイのさえずり、高山植物のホタルブクロやミヤマキンバイ、登るに連れてツガやダケカンバ。時どき現れるニホンカモシカや鉱物の花崗

岩。山のてっぺんに到達すると、雄叫びをあげ両手を上げるのだった。私の山登りは木を見て森を見ずであった。山を支えている裾野の歴史、風土、文化については無知そのものであった。村の行事やしきたりについての関心も薄かった。

その後、満洲移民について何冊かの本を読み始めた。きっかけは奥秩父、小川山の廻《まわ》り目平《めひら》に行った時である。このエリアは、〝日本のヨセミテ〟と呼ばれ、多くのクライマーがロープを結び、岩にかじりついている。キャンプ地としても人気が高く、珍しく焚き火が許可されているエリアである。近くに高原野菜のレタス栽培で有名な川上村の役場があり、モダンな建物の文化センターもある。

そこで安全なクライミングの講習会があったので、その廻り目平の帰りに寄った。各メーカーの登山道具の展示もあり、若者からシニア世代まで多くの人々で賑わっていた。

その時は息子と十歳になる男の子の孫も一緒だった。クライミングが得意な息子が講習を受けている間、隣接している公園で孫の面倒を見ていた。公園には遊具がいくつもあり、孫は大きなジャングルジムで遊んでいる子どもたちに混ざって、楽しそうに走り回っていた。

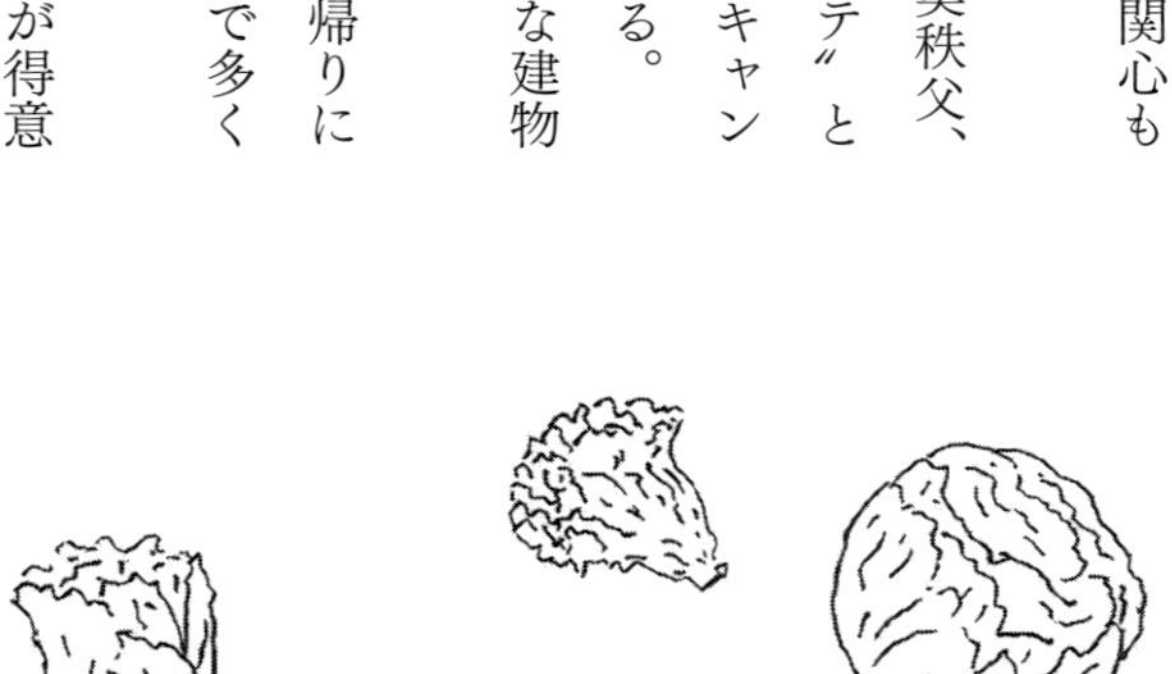

それまでまったく気が付かなかったが、公園の後ろに大きな黒い御影石の碑が立っていた。近づいて何気なく見ると「満州開拓　戦争殉難者慰霊碑」と書かれてあった。碑には「北満の広野に眠る友に捧げる」と文字が刻まれていた。

昭和二十年（一九四五年）幾久しく吾は忘れじ　八月九日突如侵攻して来たソ連軍　そして八月十五日終戦　昭和十五年国策により　北満の大地に理想の千曲郷を建設せんと　大きな夢を抱いて渡り

終わりの方に「あの悲惨な戦争を風化させる事なく後世に伝え」「有志の助力を得て　ここに五十余名（内子供二十七名）の物故者を明記し」「その霊の永遠なる冥福を祈ってこの碑を建立する」とあり、碑の裏側には「平成二十三年　春彼岸」と書かれていた。南佐久郡からは「千曲郷開拓団」として五百人以上が満洲に渡り、三百数十人が死亡した。そのうち四十四人が川上村出身者という。同時期に開拓団以外で満洲に渡った人を含め、五十二人の名が記されていた。

遠くの八ヶ岳の峰にはまだかすかに雪が残って見える。山に雪があると、

山の輪郭もはっきりと分かる。

「北満」にはきっと春先でも雪があり、逃避行の満洲の北の八月は、雨が何日も続き、その苦難の泥だらけの道は想像を絶する。満洲の北とは中国のどこにあるのか気になって仕方がなかった。

いつか中国大陸の東北地方を旅をしたいと思うようになっていた。

北京の公園にて

初めて北京を訪れたのは一九九二年の初夏であった。ＪＴＢ主催の北京三泊四日の物見遊山の旅であった。まだ現在の北京首都国際空港第三ターミナルが出来ておらず、成田から夕方に到着した時、空港中の明かりが暗く、しょぼい地方空港のような印象だったことを思い出す。

空港の中で両替したが、使いこまれたボロボロの紙幣に不信の念を抱き、一元や十元の札を何度も見てしまった。札の端がわずかに破れているものも混ざっていた。

しかしツアーバスが王府井のザ・ペニンシュラ北京に横づけされた時、その高級感あふれる落ち着いた雰囲気に戸惑った。空港から市内に入った時の街の明かりがあまりにも暗いのに、ホテルの中に一歩入るとロビーの左右にある階段の天井のシャンデリアがキラキラと反射し、光が交差していた。あとで聞いたらその石は漢白玉《かんぱくぎょく》で非常に高価な石だそうだ。ルイ・ヴィトン、

ブルガリ、プラダといった高級ブランド店がずらりと並んでいる。このホテルが北京でも特別な場であるかのようだった。

北京の古い名を「燕京《イエンジン》」といい、北京に惚れ魅かれ、古い横丁の胡同《フートン》や公園のとりこになったそんな者を「燕迷《イエンミー》」という。北京に迷い込んだ人を指す言葉だそうだ。

北京の観光ツアーでは、天安門広場、故宮、万里の長城、京劇、羊のしゃぶしゃぶと決まったコースを案内する。

最初にまわった景山公園と天壇公園で、私は目が釘付けになる光景に出会った。そこでは、中国人が白い作務衣のような服を着て、日常的に太極拳をしているのだという。

またカラフルな赤や青の衣装を身に着け、あるいは大きな扇子を振って舞うダンスの集団が結構たくさんいる。老若男女が実に楽しそうにあっけらかんと、ラジカセの音楽に合わせて思い思いに体を動かしているのだ。太極拳やダンスのほか、長いリボンをくるくるさせて踊る集団、武術、ツボたたき体操、さらにコーラス、楽器演奏、トランプ、将棋、編み物、鳥のおしゃべり、となんだか公園は大人の幼稚園のようだ。

さらに驚いたのは通りかかった外国人観光客も一緒に参加し、だれでも自由にその輪に入っていることだ。欧米人の初老の男女が和気あいあいと踊っている姿を見ると、「なんだ、この解放感は」と自分がいかに心にバリアを張った狭い人間だったかと痛感させられた。

日本では公園といえば静かにしなければいけない場所、他人に迷惑をかけないように、ひっそりと読書か物思いにひたる場所という感じだ。中国は個人が束縛され、自由がない国というイメージを刷り込まれていたので、公園で見た圧巻の光景に驚いたのだった。

中国人と親しくなると「不用客気《プーヨンクウチー》」（遠慮はいらん）という言葉をよく耳にする。

十年前ほど前に日本から北京にギターを持っていったことがある。北京の出版社で知り合った現地の編集者にギターをあげるためである。

そのアコースティックギターは小振りだが、ハンドケースに入れるとかなりの重量になる。北京空港からいつも泊まる永安里《ヨンアンリー》のホテルにタクシーで向かい、ホテルに着いて、ボーイが車のトランクからギターを手にした時、その重さに戸惑いの表情を見せていた。そのギターは本体よりむしろケースの

方が高いのではといった頑丈な代物であった。飛行機に預けるとなると、柔なケースに入れるとギター本体が破損する可能性があった。

永安里のホテルから日壇《にちだん》公園までぶらぶら歩くと十分ほどである。公園のまわりにはルーマニア、イギリス、ベトナム、モンゴルといった各国の大使館が囲むように建っており、建物の入口にはその国の旗がひらひらと揺れ、警備官が日夜背筋を伸ばして警戒に当たっている。公園は広く、周りには樹林がおい茂り、季節の花が咲き乱れ、池の周りは和める東屋があり、市民の憩いの場となっている。

北京には天子、すなわち皇帝が神に祈りをささげ、儀式をするための壇が、紫禁城を中心に東西南北に造営されている。皇帝がさまざまな祈りを行った神聖な場所である。

天壇では天に、地壇では地に、日壇では太陽に、月壇では月に、先農壇では神豊にと、それぞれの壇で神のための祀事をした。太陽神を祀るために用いた日壇は一五三〇年に建造され、子どもの背の高さほどの祭壇が正方形に残されている。

明・清代の歴代の皇帝たちが、春分の日の出の時刻に太陽に向かって祈りをささげた。一九四九年に内乱から国民党によって多くの建造物が壊されて

しまったが、一九五五年に公園として整備され、閑静な緑あふれる広場に生まれ変わった。いずれの壇も公園として市民に開放され、憩いの場として利用されている。

晴れた日の日壇公園に行くと、中国の他の公園とも似ており、当然太極拳、社交ダンス、ヨガ、バドミントン、コーラス、楽器演奏とにぎやかである。どのグループも公園の定位置が自然と決まっていて、集合時間にはわらわらとどこからともなく現れてくる。

木の枝にグループの垂れ幕をくくりつけ、音響をチェックし、朝十時には音楽を流し、リーダーに合わせて踊りだす人たちがいた。ラジカセに合わせて歌うコーラスグループもいるが、お互いに暗黙のルールがあり、他のグループの邪魔にならないように距離をとり、音の大きさに配慮している。

会費をとっているグループも多く、ダンスの時に使う大きな扇や色とりどりの布、ラジカセの電池代といったわずかな金額を、会が終了したときに回収している。

気になったのは、池のほとりの東屋で楽器を奏でているグループである。そのグループは、二胡、バイオリン、ピアニカ、アコーディオン、ギター、ウッドベースといった編成で、中国やロシア、アメリカの民謡を淡々と演奏

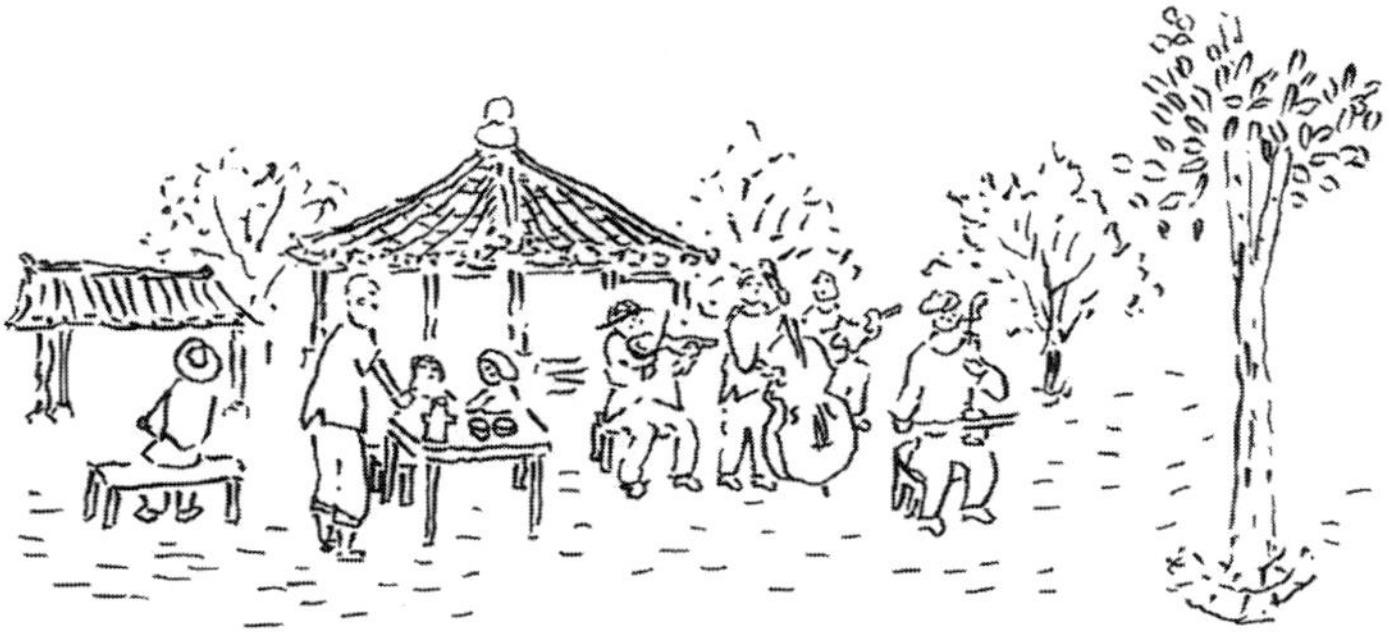

している。

おなじみの「蘇州夜曲」「夜来香」「送別歌（旅愁）」といった曲は、飛び入りで女性の歌手が入る。彼女が歌っている時はみな楽器の音量を下げて演奏し、その控えめなところが紳士的であった。それぞれのメンバーはコピーされた譜面を覗き込むようにして楽器を弾いている。はっきり言って素人の域を出ず、お世辞にも上手いとは言えない。しかし曲が終わるたびに、お互いの肩を叩き、大きくほっとしたようにため息をつき、談笑している。そこに和みの憩いを感じる。

北京に来るたびに必ずといっていいほど日壇公園に来ているので、いつのまにか彼らと顔見知りになり、軽く挨拶するようになった。

カラオケのグループが日本の「北国の春」「いい日旅立ち」といった曲を中国語で朗朗と歌っていると、聞いているこちらも思わずそのグループに飛び込んでギターを手にしたくなる。

公園に集まるバンドのメンバーが使っている中国の譜面は、オタマジャクシの音譜の楽譜ではなく、ハーモニカのような数字で音程が記されている楽譜を使う。シンプルな曲はこれで充分で、ギターで演奏するにもこれで足りる。

その日の私は、公園の端っこの方でギターケースを横に木のベンチに座っていた。すると年配のアコーディオン奏者が手を上げて、「一緒にどうですか」と声をかけてくれた。

アコーディオンは中国語で「手風琴《ショーフーチン》」という。「手で風を送る琴」という漢字そのものだ。

「それでは」とギターを手に参加したが、近くに鳥打ち帽をかぶったギターの奏者がいたので、気を遣って控えめにコードを弾いた。するとリードするギターは次々と力強くメロディを弾きだし、「涙そうそう」を演奏するのだった。二胡と交互にパートをとり、なんだかしっとりとした中国の曲に聴こえてくるから不思議である。

夕暮れの中で彼らと一緒に演奏していると目頭が熱くなってくる。しばらく北京に長居して、こうして何も考えずに公園の仲間と暮らしてもいいかなと思えてくる。

日本の寂しい公園は年寄りには夢がなさすぎる。そして日本に戻れば、まだギターはたくさんある。また出直してギターを手に北京に来るのだと強く願うのだった。

北京に住む日本人の一人は、公園でのダンスや歌や演奏は、政府への不満

をガス抜きするためだと言った。だがそれは真実とは思えない。九〇年代に入って中国も高齢化社会になり、健康寿命をいかに延ばすかということを模索しだした。

たしかに中国は日本と比べものにならないほど言論への締め付けは強い。だがその不満や苛立ちだけから、公園や広場でダンスや足の羽突きに夢中になるのだろうか。アジアを旅した時の公園の賑やかさと楽しさを思い出す。

北京の友は、公園でおばちゃんたちが音楽に合わせてダンスをするのが大流行したのはほんの少し前の二〇一〇年ごろだという。大手食用油会社がコンテストを開催し、豪華賞品を付けたことから社会現象になったそうだ。

みんなが踊る民族舞踊の「秧歌《ヤンガー》」は、苦しい農作業を紛らわせようと、春節などの祝祭日に煌びやかな服を着て踊る漢族の風習からきていた。

中国の伝統芸能は男女二人がペアとなって、ユーモラスなやり取りをする。その「二人転」と歌と少数民族の踊りとがまぜこぜになり、いつのまにか「広場舞」として大流行した。

夕暮れの四時を過ぎると公園から潮が引いたように人影が消えてゆく。私が参加したバンドも解散となる。

日壇公園の一番奥に高さが一〇メートルほどの凹凸をつけたロッククライ

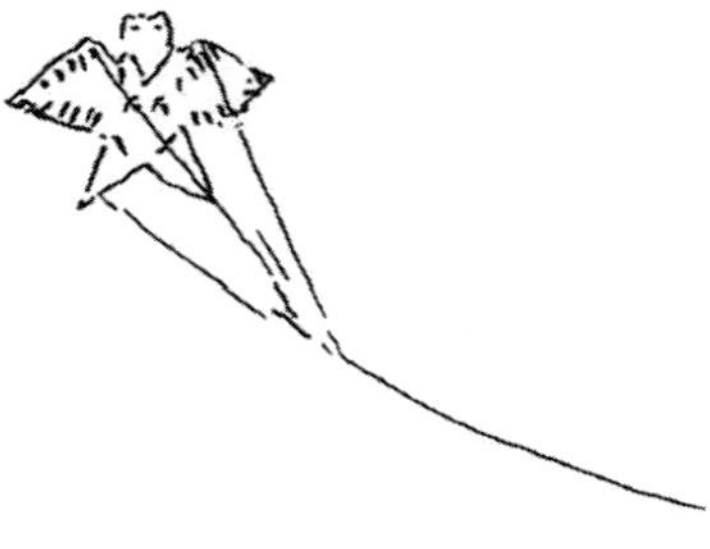

ミング用の壁があり、大使館で働いている欧米の若者たちは仕事が終わるとそこでクライミングをしている。わたしはそんな彼らをぼんやり眺めていることも多く、時にはこちらも負けてなるものかとクライミングシューズを借りて登ることもあった。

そのクライミングボードのさらに奥の場所で、ダンスというより京劇のような振り付けをして演じている艶やかな一人の女性がいた。小さなラジカセから流れる音楽に合わせて、体をゆっくりとまるで蝶の羽がひらひらと舞うように動かしている。

ギターを手にベンチに座り、あえてその舞いを無視するかのごとく、クライミングボードに体を向けていた。だが視線は自然に彼女の動きを追っていた。

何度もラジカセを止めて同じ場所にくると、手足、そして腰をやけに色っぽく揺らしている。手足の動きは太極拳よりはるかに早いが、流れる雲のごとくさらさらとしなやかに動く。

民族衣装のようなうす紫の透けるような服も手足の動きと似て妖しさを醸し出している。

曲は短く一回の踊りは三分もなかった。彼女は時どき動きを止め、すでに

暗くなった空をじっと見ながら、それまでの踊りをチェックしているようだった。私はもう少ししたらホテルへ帰ろうと思っていたが、その少しなまめかしい舞いから眼が離せなかった。こっそり見ていたつもりだったが、全体を通して完璧になってきたのか、ラストの踊りを終えて体を垂直に伸ばし、両手を天に向けた時、思わず拍手をしてしまった。

すると彼女は腰を低くしておじぎをした。こんな時にうまい言葉が出てきたらいいが、「好好好《ハオハオハオ》」としか口にできない。

「京劇の方ですか」

と声をかけると笑って手を振った。しばらくしてこちらからスマホを取り出し、中国版のラインWeChatのＩＤを交換したいと言うと、彼女はすぐにうなずいた。

「また公園に来た時は連絡ください」

と彼女は言って手を振り別れた。公園にギターを持って来る時はやけに重く感じたのに、帰り道、そのギターはウクレレのように軽く思えた。

中国でWeChatの交換をする時、「不要」（結構です）と言われたことが一度もないのも実に不思議な気がする。

見も知らぬ者と、それも異なる国の人間と気軽にＩＤを交換する中国人の

真意がどこにあるのかよく分からなかった。

駅の近くで人気のある揚げたてのゴマ団子を食べ歩きしながら「絶対に北京にまた来る」と思い、中国語の勉強ももっと真剣にしなくてはとしおらしいことを思っていた。

孔乙己《コンイーチー》酒楼と酒

二〇一〇年頃は、真夏を外し、いちばん熱心に北京へ通っていた時期だった。

北京の地下鉄5号線東四《トンスー》駅の線路に沿うようにして北へ向かって歩いていくと、右側に赤い提灯を下げた孔乙己酒楼《コンイーチージョウロウ》という店がある。北京の中心地にあり、しかも地下鉄の東四駅と張自忠路駅の間にあり、どちらの駅に行っても歩いて帰れるので便利である。

休日前、あるいは金、土曜日の夜は北京ではまったくといっていいほどタクシーが捕まらない。だから懇談会や宴会場所は地下鉄の駅の近くが多くなる。

「孔乙己《コンイーチー》」とは魯迅の小説に出てくる落ちぶれた人物の名である。舞台となった場所は浙江省の紹興。この店は、江南地方の料理と紹興酒を長年寝かせた老酒《ラオチュー》が名物である。店内は日本の居酒屋のようなゆるい感じなのでひと息

つける。藍染の布がかかったテーブルに使いこまれた木のイス、窓際には紹興酒の古い壺が並んでいるだけの素朴な内装で、日本人にとっても和める雰囲気だ。十名ほどが囲める大きなテーブルもあるので、人数の多い打ち合わせや懇談会の時は北京の友だちに予約してもらい利用している。

小さなテーブルが並ぶ店内に、その日はふらりと二人で入った。紹興酒に茴香豆《ういきょうまめ》やモクズ蟹（酔蟹）をつまみに飲んでいる客が多かった。

どの料理も、ごま油に醤油といったあっさりとした味付けなので、日本人の口に合う。タコノコ入りの野菜炒め、魚のあんかけ、トンポー肉、小籠包と献立も豊富であった。

五月の北京は、公園には花が咲きみだれまことに爽やかで、夕方になると酒飲みは李白の詩にある「一杯《いっぱい》一杯《いっぱい》　復《ま》た一杯《いっぱい》」の気分になってくる。

そんなある日の夕方、北京の銀座通りといわれる、歩行者天国の通りにある王府井書店であれこれ地図を物色していた。北京に来るたびに新しい地図を購入している。細い路地の胡同の地図や小さく折り畳めるこだわりの地図もあり充実している。

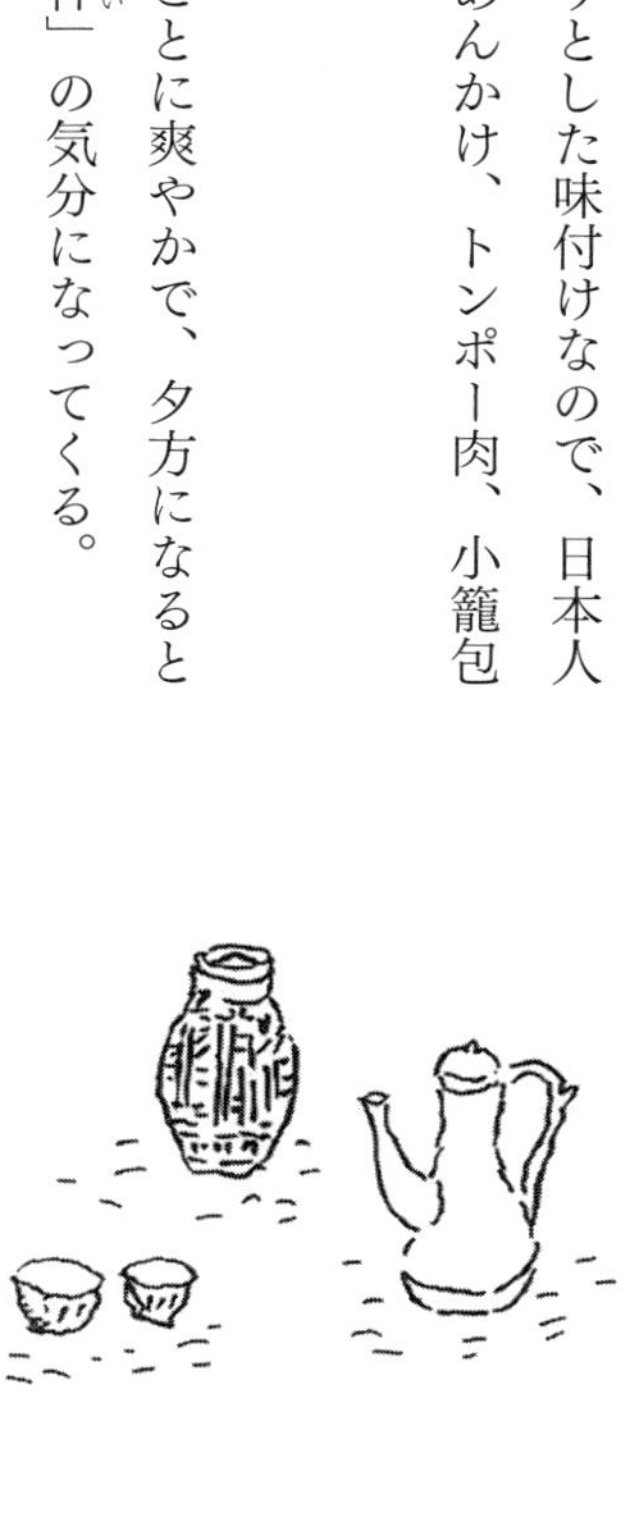

北京はバスの路線を覚えると、市内の距離感や方向感覚が身につく。王府井書店の裏手の東単北大街を北に走るバスに乗って、北京在住の中国人作家と会うために孔乙己酒楼に向かった。

北京の作家、張柠さんは日本の外語大に留学していただけに日本語も堪能で、卒業後も東京の商社に十年近く勤務していた日本通でもある。私が中国で出版した本の翻訳にも携わってくれた。正確には彼の奥さんが翻訳したものに再度彼がチェックを入れる。彼の奥さんは北京の高校で日本語教師をしている。

北京で日本の「ｓｕｉｃａ」に似た交通系カードが普及してからは、地下鉄やバス、映画館などでも使えるため、なれない日本人観光客にはいたって便利だ。バスは観光気分で、街の風景を満喫できる。「しまった！　と行き先が違う」と認識したらバスをすぐ下りればいいのだ。

その日に乗ったバスは夕方の通勤客で混雑していた。しばらく入口近くの吊り革にぶら下がって、目的の場所の近くの停留所を注意しながら外を見ていた。

その時に紺色の制服を着た、年配の女性の乗務員が「そこの若者立ちなさい」とこちらが飛び上がるほどの大きな声を出し、大学生らしき青年を指差

し、厳しい眼をして凝視していた。すると彼はイスから立ち上がり、私の手を引っぱった。こちらが戸惑っていると乗務員は「早く座りなさい」と眼で合図をしてきた。

私の向かう目的の場所がそれほど遠くないので、逆に立っていたいところだったが、席をゆずられてしまった。「謝謝你的好意」「張白忠路の手前で下りたいのです」と青年に小さな声で言うと、「分かりました」とうなずき、しばらくして彼が指をさした停留所で下りた。そのバス停から道路を渡るとすぐ孔乙己酒楼だった。

店でいつものように微温の燗《かん》、いわゆるぬる燗でグラスを合わせた。肴《さかな》には、鴨を炙ってほぐしたものが出てきた。

紹興酒は五年、八年、十年物と熟成されればされるほど、とろりとしてほのかに甘く、風味とこくが出てくる。小さな徳利は外側にお湯が入った大きな器に浸けておく形で出され、いつまでも冷めることなく味わえる。

日本人が経営する中華料理店で紹興酒を注文すると未だに氷砂糖を出してくる店があるが、あれは邪道である。まだ熟成していない紹興酒を古い熟成された酒の味に近づけるために砂糖を入れる一昔前の名残である。

張さんにバスでの出来事を話すと、

「おたくも最近ぐっと髪が白くなったからね」
と言われた。この「席をゆずられた」という出来事は、その後も北京や広州の地下鉄の中でたびたび体験した。

日本では小田急線や中央線をよく利用しているが、一度といってこれまで席を譲ってもらったことはない。高齢者や体の不自由な人のための優先席にいるのは、あさましく我先にと走って座る若者ばかりである。屈強な体をした、まるでアスリートのようなごつい男が、足を投げだして座ったりしている。また妊婦さんが優先席の近くで幼い子を抱いて立っていても、まるで無視するかのようにどっかりと座っていたりする。そんな日本人の姿を中国の人びとはどう見るのだろうかと思ってしまう。

中国といえば酒にまつわる話が多い。

漢詩では酒を語り、酒に酔う。日本人が中国で、アルコール度数が五十度近い白酒《バイチュー》の「乾杯」攻めにあって酩酊したという話題はこれまで散々聞かされてきた。

しかしこのことは誤解され話を盛られている。実際に何年も中国で仕事をしてきた友人に聞くと、日本人の酒の飲み方に問題があるそうだ。

自分で酒を注いで飲む、いわゆる手酌になれた日本人は、宴会の場が一段落しても、いつまでのチビチビと手酌で飲み、酔い潰れて失態を招くというのだ。

中国人は手酌で酒を飲む習慣がまったくといってない。日本の友人や同僚が中国に行っていちばん驚いたことは「中国人は日常的に酒を飲まない」ということと、「女性が酒を口にしているのを見たことがない」のだそうだ。中国人で料理を前にしてお酒を飲んでいるのは決まって年配の女性だという。

酒といえば忘れてならないのが、一九七二年の日中共同声明のレセプションである。当時の総理大臣・田中角栄と外務大臣・大平正芳が北京に渡り、国務院総理・周恩来、毛沢東も参列し、日中の国交を正常化した。

問題は上海での訪中最後の歓迎の宴会の時に、日本側は歓喜興奮したのか酒を飲みすぎ酩酊してしまったことだ。周恩来はその姿を見て、外務担当者に「会食の時の酒は普段飲むときの三分の一の量を超えてはならない」と諭したそうだ。

作家の張さんも日本で働き出した時に、二次会三次会と店をハシゴし、酔い潰れるまで飲む仲間に呆れたそうだ。アパートのある赤羽に帰る終電間際の車内はほとんど酔っ払いばかりで、なかには若い女性の姿もあり、日本は

酒飲み天国かアルコール中毒患者の国だと思ったという。また居酒屋の片隅で会社員がテレビを見ながらひっそりとひとりで飲んでいる姿も中国では見ることのない風景で意表をつかれたそうだ。

中国ではお祝いの時に料理と一緒に酒を飲むことはあるが、わざわざ店に行ってひとりで飲むことはない。まして仕事や会社の帰りに年がら年中酒を飲んでいたら、同僚から「あいつはおかしい」と疑わしい眼で見られ、結婚している者はすぐさま離婚されるというのだ。

中国人は日本人と比べると酒に関しては意外にも潔癖なところがある。したがって酒を中心に揃えた日本でいう居酒屋というものが存在しない。

北京では、地下鉄1号線の永安里《ヨンアンリー》駅の近くのフェアモントホテルを好んで使っていた。部屋がシンプルで、朝食がとても美味しかった。

ただし帰国する時は買い溜めした書籍でトランクも手荷物のリュックも重くなり、運ぶのに苦労した。日本から北京に行く時は荷も軽く、北京空港第三ターミナルから地下鉄を乗り継いでホテルまで身軽に行けるのだが、帰国の時はそうはいかない。ホテルの前にはたまにしかタクシーは待機しておらず、いつも途方に暮れた。さらに夕方になると高速道路も混雑し、出発時間

が気になり、タクシーはやめて地下鉄に乗り換えていくことになる。

あれは晩秋の北京の旅からの帰りだった。

フェアモントホテルから、本で重いトランクをゴロゴロ押して、タスキ掛けにしたバッグを肩に、ヨレるかのごとく永安里の駅に向かった。

北京の地下鉄はエレベーターやエスカレーターが極めて少ない。地下が恐ろしく奥深く、重いトランクを一段一段転ばないように気を配って下りていくしかない。永安里駅も「よいしょ、よいしょ」と念仏を唱えるように声を上げながら階段を降り、ひと息ついていた。

その時にスーツ姿の青年が、いきなり声も出さずに私のトランクを引ったくるように持ち去り階段を滑るように下っていくのだ。

「おーい、泥棒！　なにするんだ」

と大声を上げたいが、中国語がまったく出てこない。やっと「強盗《チアンダオ》」と叫ぶ寸前に、階段の一番下でトランクを通路の端に置き、青年は手を上にあげ、ひらひらと振って角を曲がって消えていった。

そうか、あの青年は私のヨレた姿を見て、親切心でトランクを下まで運んでくれたのだ。粋なことするじゃないかと思いながら、トランクを押して改

札口までの長い平坦な通路を歩いていった。

「こういうことがあるから、また北京にきてしまうんだよな」と胸の中でつぶやいていた。

満洲への第一歩

一九八〇年に多摩丘陵にぎりぎりの予算で家を建てた。日本がバブル経済に向かい始め、どこもかしこも浮かれるように人や物が動き、駅前の小さなバーや、本屋、占い師まで繁盛していた。

そんなある日、新聞の朝刊の片隅に「中国残留日本人孤児来日、肉親探し」の記事が出ていた。孤児たちの年齢は自分とほとんど変わらなかった。戦後中国に残された日本人の肉親探しがやっと動き出したのである。

テレビではその頃から成田空港に降り立った、小さな風呂敷のようなバッグを手にした婦人たちの姿が映し出された。おかっぱの髪型で、顔には笑顔はなく深い皺が刻まれ、緊張して辺りを見まわしていた。そんな「孤児」に日本国民は釘付けになった。

そのニュースの後、まるで七夕の飾りのようなキラキラした服をまとって、踊り狂っているという竹の子族と呼ばれる十代の若者の映像に切り替わった。

新築祝いに柱時計を持ってきた父は、そのテレビのニュースを観た後に、老眼鏡を外し、新聞を畳みながら、

「人間は育った時代や風土から離れて生きることはできない」

とつぶやくように言った。

私がなんとなく〈満洲移民〉の存在というものが気になりだしたのはこの八〇年代頃からである。最初に気になったのは「満州」「満洲」「満蒙」といった本のタイトルの表記であった。戦後、「満洲」は当用漢字の制限から「満州」と表記することが多くなった。「満州」と表記しても間違いではない。しかし正確には「満洲」である。

もともと現在の中国東北部に住んでいたツングース系狩猟民族を「マンジュ」と呼んでいた。その「マンジュ」という語音に漢字の音を当てて「満洲」と表記された。

当用漢字の「州」を採用したいところだが、地域名ではなく民族名なので、行政区画を表す「州」ではおかしいのだが、長いこと「満州」が慣用的に使われてきた。「満州」と表記すると大連の近くの「関東州」や「錦州」と同格に思えてしまう。

「満洲」は地名ではなく、民族名であり、国名であるから「満州」ではなく「満洲」にしろと憤慨したり、「満洲族」という集団を表す意味においても「満州族」では嘆かわしいと嘆く学者もいる。

最近では逆に「満洲」と表記する本が多くなり、旧満洲のことを書く人は「洲」を使う方が増えた。ある本に、「左翼系、あるいはリベラル系の物書きは〈満洲〉と書く」と書いてあって「なんとなくわかるな」とひとり頷いた。ただし一般的には表記の違いにはそれほどこだわる必要はない気がする。とりあえずこの本では「満洲」で統一する。

満洲というと中国東北部や東三省《とうさんしょう》と言い換えたりする。現在の遼寧省《りようねい》、吉林省《きつりん》、黒龍江省《こくりゆうこう》の三省に内モンゴルの地域に当てはまる。

また「満蒙」とは、満洲国にかつて存在した熱河省《ねつか》の一部が内蒙古に入っていたのでそう呼ばれた。熱河省は中国大陸有数のケシの産地であった。莫大な利益を生む阿片利権を軍が狙い手に入れた。「満蒙」は闇が深い地域で、訳ありの土地であった。日本が作った満洲国の国家予算の一五パーセントに匹敵する金額は阿片売買で得られていた。

満洲国の成立は一九三二（昭和七）年三月一日。日本中に「満洲行進曲」

が流れ、特高が「非常時」とばかりに目を光らせていた。しかし、日本の敗戦によって一九四五（昭和二十）年八月十八日に終焉を迎えた。夢の満洲国は、たった十三年の短命に終わり、崩れ落ちた。

　満洲のことを調べていくと、日本という国は一度暴走すると、誰にも止めることができないところまで加速して、走り続けてしまう運命を持っていることに気づく。それは戦後の政治構造の中でもしばしば見られる。

　振り返ると九十数年近く経っても満洲国が成立した頃と現在と驚くほど似ていると感じると警戒を促す人もいる。緊張感がほぐれると日本人は過去のことは忘れ、暴走してしまう傾向になるらしい。

　中国大陸で暴れた関東軍は、東条英機を参謀長とし、内地の軍部を無視して暴走した。

　関東軍という名から、日本の関東地方から集められた兵隊の集まりかと勘違いしそうだが、そういう意味ではない。陸軍が駐屯した遼東半島の旅順、大連を含む地域を「関東州」と呼んだことに由来する。

　万里の長城の一番東端にある町が山海関《さんかいかん》で「関東」とは本来、山海関の東の広大な地を意味する。

　関東州は一九〇五（明治三十八）年、ポーツマス条約により日本がロシア

から引き継いだ租借地である。関東軍はこの地と南満洲鉄道（満鉄）を守るために配備された軍隊であった。

満洲国と大連の租借地は、〝全くの別物〟として考えなくてはならない。こういうところが満洲を複雑で分かりにくいものにしている。

旅順といえば、「♪窓は夜露に濡れて」の歌詞で有名な「北帰行《ほっきこう》」が有名である。哀愁あるこの歌は、旧制旅順高等学校の寮歌として歌われた。素行不良で退学になった生徒が、同校との別れの歌として、思いを込めて綴った曲である。

終戦と共に学校は廃校になったが、旅情あるこの歌は、戦後、小林旭が歌い大ヒットした。

私の満洲への第一歩は、二〇一三年初夏の大連、そして旅順から始まった。

世界でもっとも美しい街

二〇〇〇年前後の五月。ＪＴＢが主催する「中国三都物語」という十人ほどのツアーに参加した。北京、西安、上海とまさに定番の物見遊山で、北京の万里の長城、西安の兵馬俑、上海のビル群の大きさに圧倒されて、「どこもかしこもデカい」と何を見ても唸っていた。

その後さらに中国にのめり込んでいったのは、二〇〇九年の日中友好協会が主催する学術ツアーの参加からである。主催されたツアーは毎回テーマが変わったものの、行くたびに中国への興味が増して、合計で三回、黄河流域ツアーに参加した。

黄河は「几」の字のように形が大きく曲がり、中流オルドス高原を駆け上がるように流れている。ツアーでは、下流の済南から開封、鄭州、洛陽をまわった。上海や北京といった大都市とは全く違う、大地がむき出しになったような農村の風景。大陸の雄大さを体験した。至る所で石炭がいまだに掘ら

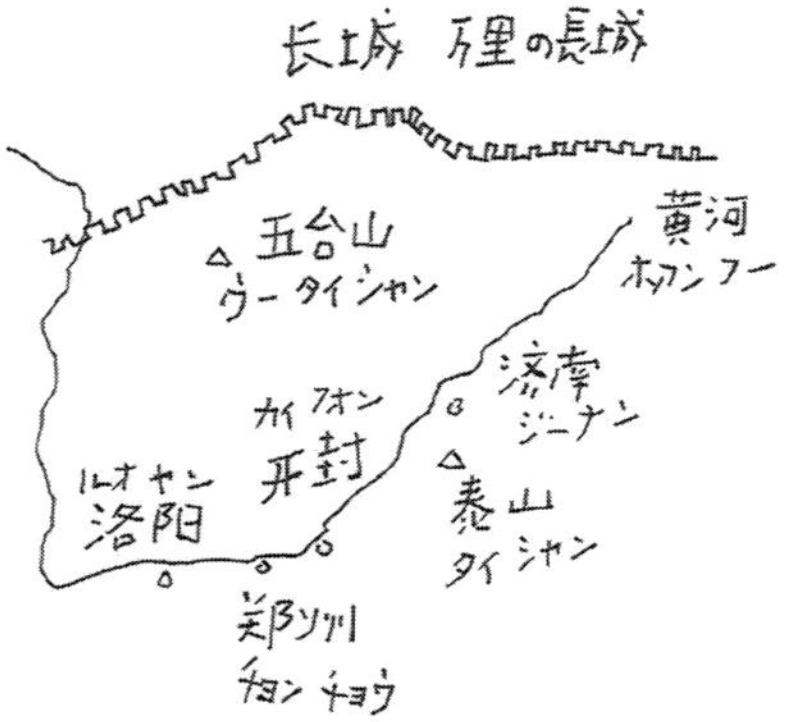

れ、エネルギーとして使われていることにも驚きを持った。

バスで農村地帯を何時間も走ると、それと並行するかのように続く青い麦畑、さらにトウモロコシ畑が延々と続く。空を覆う雲の大きさ、空に突き刺さるポプラ並木。その時に初めて「中国」というものを考えさせられた。

一人で中国に行くとなると、言葉ができないと身動きできない。ここは「六十の手習い」と覚悟を決めて、市内の中国語教室に通い始めたが、ひと月も経たないうちに挫折しそうになった。

その中国語教室の先生は北京出身で、目力の強いおかっぱ髪の中年の女性だった。最初に、「語学は毎日基礎学習の積み重ね、休まないこと」と釘を刺された。

毎週日曜日の朝に授業があり、月に一度試験があった。その試験の一週間前は自分でも感心するくらい早朝からひたすら中国語を勉強をした。

だが一年経っても簡単な挨拶以外、一向に語学力は上がらず落第を繰り返した。そんな私に対して先生は呆れながら「休んだらダメよ」と励ましてくれた。

二〇一〇年の九月に尖閣諸島沖合で、中国漁船が日本の海上保安庁の巡視

船に明らかに挑発するかのように衝突するという事件が起きた。

この事件が発端となり尖閣の領土問題が勃発し、日中間に戦後最大の溝ができてしまった。中国各地でデモが起こり、日本食レストランや工場への放火、日本製品のボイコットと激しい反日運動が起きた。

私は、中国への思いがさらに募っていた時期だった。観光客には危害を加えないだろうと安易に考え北京に行く準備をしていると、中国語の先生に、「行かないほうがいい。それも一人で行くなんてとんでもない」と言われた。だが怖いもの見たさもあり、まだデモがおさまらない十月に出発した。

知り合った北京の画廊の主人にホテルから電話すると、「いまは会えない」と面会を断られた。仕方がないので反日デモが起こっている日本大使館周辺には近づかず、隠れるようにして博物館や美術館巡りをした。

帰国してから日本の統治していた時代の建物が多く残っている大連にどうしても行きたくなり、その年の十二月に行くことにした。その時も中国語の先生は、「なぜ行くのですか。まして寒い冬に行ってはいけない」と目をさらにきゅっとつり上げて言った。


遼東半島の入口の南端にある大連は盛岡とほぼ同じ緯度にあたる。海が近

いとはいえ、大陸からの冷気は半端ではない。私は毛糸の帽子に手袋、マフラー、ダウンを着て行った。完全防寒をしたつもりで空港を出たが、風はあまりにも冷たく、思わず震え上がった。

ロシアは日清戦争後、関東州の旅順と大連を「氷の張らない港（不凍港）」として清国から租借し街を建設し始めた。しかし、大連は、日露戦争に勝利した日本が租借権を継承した。

それは一九〇五（明治三十八）年九月のことである。日本はロシアの開発予定地図を頼りに駅などを建設した。したがって大連には、満洲国成立の一九三二（昭和七）年以前から日本人が多く住んでおり、一九三五（昭和十）年の人口は十三万七千人ほどであった。満洲国は、東京の杉並区、世田谷区、大田区の三つの区を合わせたほどの一三〇〇万平方キロの広さであった。

満洲国成立の時に大連や旅順を日本軍が占領したと思っている人がいるが、それは大きな間違いである。租借権を日本が手にしたからこそ、長春まで北に走る東清鉄道をロシアから譲り受け、満鉄が生まれたのである。

大連を含む遼東半島の先端までは、一九四五（昭和二十）年以前は旧満洲国ではなく、日本の関東州であった。

現在の大連は、日本をはじめ多くの外国企業が集まり、「北の香港」と呼

ばれる国際的な港湾都市に発展している。

またシベリア鉄道の玄関口として、大通りにはロシアがシベリアから運んできたアカシアの並木道がいまも続いている。大連は、日本の統治時代から「世界でもっとも美しい街」と言われてきた。一九〇五年に日本により、現在の都市名「大連」と名付けられた。それ以前はロシア語で「遠い」という意味の「ダーリニー」と呼ばれていた。中国語の発音は「ダーリエン」と語尾が上がる。

大連では、土埃が舞う内地の日本と比べると、雲泥の差の豊かな暮らしが満喫できた。中でも市内は最も文化水準が高かった。

大連の住宅は基本的に石造りで、涼しく温暖な気候のため、どの家の玄関にも美しい夏の花が咲き誇っている。坂の多い街なので路面電車とバスが整備され、移動も楽である。道路はどこまでいってもコンクリートで舗装されている。

私はホテルに荷物を置くと、どんな街に行っても、まずはその土地の本屋に行くことにしている。必ず買うのが地図類である。地図を見ながら歩くと街の大きさが頭に入る。大連は小さくまとまった歩きやすい街で、散策に適した規模である。

中国のどの都市にもある国営の新華書店は、大連で一番大きな本屋である。国営の書店は政府関係の本が多く、日本人にとっては心の琴線に触れるような本は少ない。大連の新華書店も似たようなもので、電気を節約しているのか店内はやけに暗く陰気な感じを受ける。

入り口に観光用のガイド付きの本が並んでいた。地図付きの本を二冊買い、日本が統治していた時代の古い大連の地図があるかと紙に書き見せると、店員はいぶかしげな顔をしながら、カーテンがある奥の部屋に消えていった。しばらく待っていると売り場の主任らしき紺色の制服を着た中年男性を連れて現れた。その中年の男性が、

「そんな地図はない」

と首を横に振りながら言った。中国語で「地図」は「ディトゥー」、「統治」は「トンジィー」と発音する。私は中国語でもう一度繰り返し言うと、

「分かっているよ。でもここにはない」

と手を横に振った。

その時近くに中国の民族衣装を着た紙人形が展示されている台が目に入った。可愛らしい色彩の人形で値段も安い。百元のお札を出すと、女性店員はお札を透かし、

「細かい札はありませんか？」

と言う。ホテルで両替しておいたいくらか小さな金額のお札を出すと、あるじゃないかと言わんばかりに不機嫌そうな顔をされた。値段が安いのでお土産にと種類を変えていくつも買うと、紙人形を包んでいる彼女の顔に笑みが浮かんでいた。

大連は市街地の中心部にある中山広場や上野駅にそっくりな大連駅前と、日本の統治時代の建物が多く残っており、建築マニアにとっては憧れの都市である。

これらの建造物は現在も官公庁として多く使われている。こういった戦前の建物は、日本では再開発の名の元に跡形もなく壊されてしまう。中国としては憎き日本人がつくり上げた都市とはいえ歴史的な建造物としての価値を認め、不便も承知の上で現在も使用しているのは驚きでもあり、中国人の合理性と寛容さに感心してしまう。

私が大連の旅でいちばん見たかったのは「連鎖街」である。一九二〇年代末から大連は急速に人口が増え、住宅難を解決するために建設されたのが商店街兼住宅街である「連鎖街」と呼ばれる地域である。十六の鉄筋コンクリ

ート造りの二、三階建ての建物で、八街区にわたって鎖のようにつながっていたからその名がついた。

一階が店舗、二、三階が住居であった。夜の帷《とばり》が降りると青白いガス灯がつき、人びとはこのショッピングモールへと出掛けていった。映画館や、書店、ダンスホール、カフェといったものも、文化人の心をガッチリと摑んだ。近くには三越デパートもあり、東京の銀座や大阪の心斎橋にも負けてはいなかった。建物にはセントラルヒーティングや水洗トイレなども完備されていた。治安も良く、食料や酒も豊富で言うことは何もなかった。「東洋一の商店街」と呼ばれ、内地に帰ることを拒んだ人が多かった。

連鎖街を舞台にした書物や映画、歌まで作られ、子ども時代をここで過ごした人はみんな「夢の都のような街だった」と回想する。

この時私は『植民地時代の古本屋たち』（沖田信悦／寿郎社）からコピーした大連の地図を拡大して持ってきていた。この本は満洲、樺太、台湾、朝鮮といった日本の植民地の古書店を事細かく追った記録である。そこに書かれた内容に驚愕し、「大連に行ったら、その本屋の跡地を見たい」と思っていたのだ。

当時は十二の本屋があったと記されている。絵葉書や文房具の販売を兼ね

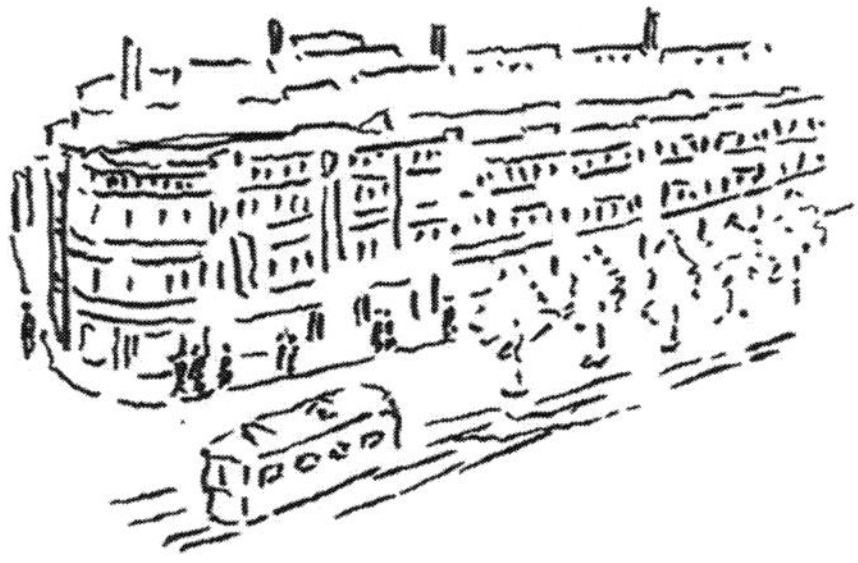

た店も多くあったが、どちらにしてもあの時代の娯楽といえば映画か読書であったはずである。冬が長い満洲では手紙を書くことや、本を読むことが唯一の楽しい時間の過ごし方である。

連鎖街には四軒の本屋があり、岩波書店の本といった硬い内容の書籍も競って置かれていた。それも棚に並べる寸前に売れていったという。驚くのはわざわざ内地から同業者が「背取り」にきたということだ。「背取り」とは、転売を目的に古本屋や愛好者から本をかき集める行為である。

私は少年の頃から古本屋の話が好きだった。その本の著者本人にも会いたくなり、千葉県の船橋で古書店を開いているというので訪ねにいったことがある。

戦後七十年近く経った連鎖街はいまにも建物が崩れ落ちそうであった。建物の裏側にまわると、生活道具が散乱しており、歩くのに躊躇するほど街は傷み荒れ果てていた。

七十年前の古本屋の位置を正確に確認することはできなかったが、「どうもここらしい」と古い壁が崩れそうな喫茶店に入った。コーヒーを注文して、店内を見まわし地図を開いた。すると店の女主人は私を日本人と見たのか、私の横に立ち、

「ここがうちだよ」

と言った。まさにこの喫茶店があるところが本屋だった場所である。何度か転売されて、以前は電気屋だったという。三越デパートがあった場所を訊くと、袖を引っ張り外に出て、

「あそこのビルが昔は三越デパート」

と指差した。あと何年もしないうちに、おそらく再開発で取り壊される運命になるはずである。

「また来ますね」

こういう時の何かの記念になればと、自分の描いた山の風景を描いた絵ハガキを置いていった。

それから八年後の二〇一八年に大連に行った。アカシアの咲くころである。あの懐かしい連鎖街はまだ残っており、市政府はなんと「歴史的な建造物」として再評価し、元と同じ造りそっくりに保存する段取りになっており、その修復工事が一部始まっていた。大連市の歴史と高い文化を残し、街を再生させるという市政府の力の入れ方に改めて感心させられた。

懐かしいカフェのドアに体ごとぶつかるように入っていき、店の人に挨拶

をしてから椅子に座った。ふと窓辺を見ると、額に入った絵葉書が飾られていた。こういう時に旅のほのかな喜びを知る。

髪を短く刈った若い男性に女店主のことを訊ねると、もう定年になり遊んで暮らしていると笑っていた。彼はその息子さんであった。

「大連に一泊して、それからハルピンまで列車で行きます」

と彼に伝えると肩をすぼめて、

「ご苦労さん」

と綺麗な日本語が返ってきた。

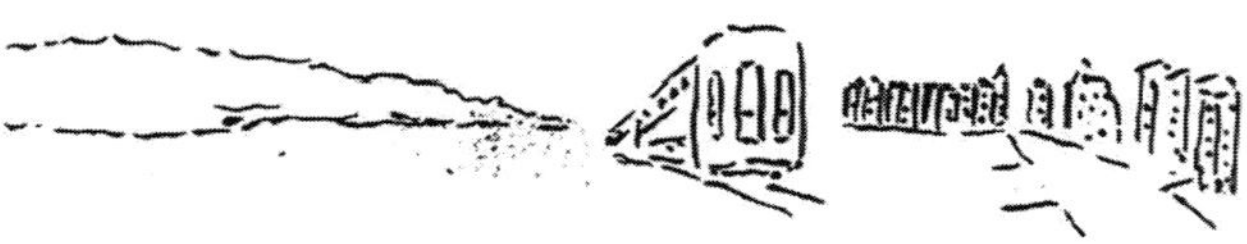

大草原の大きな要塞

二〇一二年、日本人二名が尖閣諸島へ国の許可なく上陸をして、日本国旗を振る活動行為をしてから、日中両国関係がさらに悪化した。

反日デモは九月に入り、またたくまに中国各地に広がりをみせていった。九月は満洲事変の発端になった奉天（現瀋陽）郊外での柳条湖事件が起きた月である。

一九三一（昭和六）年九月十八日、柳条湖で何者かが南満洲鉄道の線路を爆破したのである。関東軍はこれを中国の破壊行為とみなし、それをきっかけに出兵、満洲国成立の足がかりとした。当時からこの事件は関東軍の自作自演によるものと噂されていた。

それまで中国を専門にしていた旅行会社は順調に売り上げを伸ばしてきたが、その九月の終わりになっても反日デモが沈静しないため、その年の末ま

で中国への観光旅行は中止が相次いだ。

翌年には旅行会社は普段通りの営業を再開したが、団体旅行の客はめっきりと減った。とくに旧満洲、東北地方のツアーは激減した。

これまで中国への旅行は団体旅行で行っていたが、個人旅行に切り替えるようになった。私はこの頃から主に北京に出かけることが増え、中国の中心は北京だと改めて再認識するようになった。なぜならば北京からの出版物が圧倒的に多いからだ。政府関係の本を多く出している外文出版社の編集者と知り合いになり、中国についての知識も深まっていった。

やがて大型書店や画廊の社員たちとも次第に打ち解け、北京に行く機会が多くなった。若手の作家とも交流を持つようになり、自著二冊も中国で翻訳されることになった。

北京の作家が集まる会で偶然に知り合った李明星《リーミンシン》さんという映画関係の人と北京に行くたびに会っていた。また彼が東京に来るときは池袋の火鍋屋でよく会っていた。私の中国語は挨拶程度のレベルで、彼の日本語もいたって曖昧だが、お酒を前にすると会話が弾み、なぜかいつもご馳走になる。こちらが払おうとすると激しく拒否する。私が書いた犬の本を映画にしたいというのだ。

彼の故郷は内モンゴル自治区・フルンボイル市ハイラル（海拉爾）区で、ロシア国境に近い草原の街である。ここで草原の四季の映画を撮影している。二〇一三年の夏に遊びに行った思い出は忘れられない。

北京で飛行機を乗り換え二時間三十分。フルンボイル市は日本の約三分の二の広さだが、人口は二百五十五万人と少ない。ハイラル区の中心地にはロシア風のビルが多いが、あとは地平線のかなたまで見える緑の草原が広がっている。

ある時に「海を見に行こう」と李さんに誘われ、「海？」と首を傾げながら彼の車に乗ると、たしかに草の海が地平線まで伸びていた。夕暮れの中に、大きな太陽がぶるぶると震えながら沈んでいく風景がそこにあった。

ハイラルの夏は涼しく、モンゴルの大草原に宿泊できるパオもあり、羊肉も満喫できるとあって中国各地から観光客が訪れる。

観光名所のひとつは、ハイラル要塞だ。満洲国時代、関東軍が一九三七年に設置した、ハイラル駅から北西へ四キロ離れた市街地にある大規模な地下要塞の跡地である。

後に中国政府により整備され、それが現在「世界反ファシスト戦争ハイラル記念園」となった。周りには本物の銃撃戦に使われた戦車が置かれ、また

ソ連軍が銃を手に攻めてくるという等身大のリアルな人形がジオラマのように辺り一面に配置されていた。建物の中にも巨大な実物大の模型の戦車が展示されている。そこは戦場のような公園だった。中国人の観光客は戦車の上で写真を撮ったり、人形の兵士と肩を組み、うれしそうに白い歯を見せている。

門を通ると、記念館の入口まで長い階段が続く。四十五段ある階段は、一九四五年に抗日戦争で勝利した年を表している。チケット代の六十元を払い、記念館の中に入ると李さんは口に手を当てて「日本語は禁止」と小さな声で言った。大きな部屋に入ると「勿忘《ウーワン》１９３１～１９４５」と刻まれていた。「忘れるな」という意味だ。満洲国が存在した年代である。

館内には日本の国旗や関東軍参謀、要塞建設の工事に強制労働をさせられた中国人労働工の写真がたくさん展示されていた。過酷な労働のため、工事期間中には三年間で約二万人の労働者が亡くなったと書かれている。

コンクリートでできた要塞の地下の内部は自由に歩いて見学できるが、トンネルの中は暗く、あまりにも寒くて震え上がるほどだ。この地下要塞は、最大三万人収容可能の、アジア最大級の軍事施設でもあった。ソ連の侵攻に備えた防衛基地であり、ここを守備していた第八国境守備隊が出兵したノモ

ンハン事件が起こった場所でもある。李さんは前に一度来ているというので、また地下室の寒さに辟易したのか、すぐにホールの玄関口の方に戻っていった。

狭く暗い階段を降りていくと、あちらこちらに蜘蛛の巣のように地下道が張り巡らされていることがわかる。その霊気漂う地下には、司令室、通信室、発電室、兵舎（寝室）、食糧庫、弾薬貯蔵庫、水場、便所と長期間生活できるようになっていた。

壁に貼られた日の丸の国旗には、「武運長久」「鉛被線に触れるな」「218電給」「水原318」「開閉」「昇降に注意」といった文字が残され、日本人にしかわからない悲しみがそこからにじみでていた。

ハイラルから南に約二四〇キロ遠方にハルハ河があり、この川の国境線を巡ってモンゴル軍と小競り合いを起こした。モンゴル軍の背後には、近代装備を備えたロシア軍が控えていた。

関東軍はソ連軍を「露助《ろすけ》」と軽蔑して呼び、「奴らを少し懲らしめてやろう」と安直な考えをする上官の命令で、日照りが続く真夏に二四〇キロの道のりを三〇キロ近い荷を担ぎ、徒歩でノモンハンに向かわされた。この距離は東京から福島県の郡山までと同じくらいである。

砂漠の炎天下の中、食糧や飲料水、テントといった必要な軍隊用品を、念入りに点検準備することなく出兵した。夏とはいえ大陸での野営に夜は冷え、睡眠も満足に取れないまま、兵士たちは約一週間歩き続けた。

やがて軍の足並みは乱れ、倒れる者、大事な銃を落とす者が続出し、指揮命令も思い付きのデタラメな計画で、最悪の軍事行動となってしまった。この軍事行動も、関東軍が内地の大本営の方針に反して独断で起こしたものだった。

ソ連の兵力は日本のおよそ三倍以上であったが、戦いは意外にも五分五分であった。死者数は互いに約一万五千人前後で、数字だけをみれば互角といえよう。

しかし戦術の内容に大きな違いが明確にあった。日本軍は戦術を分析したり検証することは一切やらなかったため、今後起きる可能性のある戦争にも生かすことをしなかった。

戦争の終盤になると竹竿に付けた地雷を持って突撃し、捨て身の覚悟で敵の陣地に体当たりするのが日本軍のいつもの作戦であった。ノモンハンでも、兵士は戦車の下に潜り込み、「靖国で会おう」を口にし、自爆のような攻撃を展開したのだった。そしてそのころにはすでに食べるものも飲料水もなく

なっており、兵士は草を齧り、泥水を啜りながらの戦いであった。

一方、ソ連軍は温かいスープをタンクローリーに積んで来るような余裕の戦いぶりだった。ノモンハンの戦いは、日本軍の力の限界を露呈したようなものだった。この後、南に軍隊が移動させられ、ハイラル要塞も空の状態になって廃墟と化した。ソ連軍は砂に覆われた要塞の地下に巨大な軍事施設があるとは気が付かず撤退していった。

私はこのハイラル要塞にその後二回、合計三度見学に訪れている。たいした理由もなかったが、なぜか行きたくなるのだった。訪れるたびに施設が充実していて、観光バスが多くなっていた。

二〇一九年に寄ったときは、館内のロビーに感想を書くノートがあった。掲示板の横の机に何気なく置いてあるのを見つけ、なにが書いてあるのかと覗くと、予想通りというのか「小日本去死……」という文字が目に入ってきた。だが意外にも、「私は反日ではない。戦争を起こし、侵略してきた軍人が悪い。私は日本が好き」とあったのが救いであった。

満蒙開拓の旅

中国の地図を開くと、最も北の荒野に真横に走る鉄道に浜洲線（旧東清鉄道）がある。満洲開拓で多くの日本人が重なり合うように乗った列車である。

この鉄道は一八九六（明治二十九）年にロシアが清国から鉄道施設権を獲得したもので、内モンゴルの満洲里から黒龍江省ハルピンを通り、牡丹江《ムータンジエン》を抜けウラジオストックの港までの広大な土地に完成させた。

さらにその二年後には驚異的な速さで、ハルピンから南下して長春、瀋陽、大連、旅順まで伸ばした。

ロシアは歴史的に見ても常に南下作戦をとってきた。冬でも凍らない、不凍港に執着してきた。わざわざウラジオストックまで鉄道を伸ばしたものの、ここは残念にも凍る港であった。そうとなればさらに南下して、完全な不凍港である旅順港に固執したのだ。

一九〇三（明治三十六）年には支線も整え、満洲を丁字型に網羅した路線

を完成させた。鉄道の周りの土地も「付属地」として行政権とロシアの権利を行使できる地区とした。

線路を伸ばすため森を切り開いた。なぜならば列車の燃料の薪や線路に使う枕木には際限のない木材が必要だからだ。また作業に従事する労働者のための住居といった建物にはいくら木を切っても足りなかった。鉄道ができる前までは線路のほんの数百メートルも離れていない森に熊、ヒョウ、虎が生息し、見渡す限りの果てしない森が広がっていた。その森を切った後が「満州の赤い夕日」と歌われた大地である。

私が中国の東北部を何度か旅したのは二〇一〇年代の「旧満洲を訪ねて」という少人数のツアーであった。奉天（現瀋陽）、新京（現長春）ハルピンと列車とバスの五泊の駆け足の旅であった。

最初の農業試験移民が満州に渡ったのは、ハルピンから流れる松花江《しょうかこう》を船で下った佳木斯《ジャームースー》であった。中国で最も早く日が昇る所として知られている場所だ。対岸が見えないくらい広い川はやがてアムール川と合流して間宮海峡に注ぐ。

ハルピンから約三五六キロの佳木斯まで高速バスで向かった。その地域の

大地は昔から栄養分が豊富で、食物が育つ環境であったために開拓事業地に選ばれた。最初の満洲移民団は佳木斯へ向かった。バスからは広大な見渡す限りのとうもろこしや大豆の畑が見えた。北海道の十勝平野を何倍にも広げた風景と似ていた。だがそれだけに開拓団はどれだけ苦労したことだろうと思った。

そのバスの帰りに旧満洲で唯一日本人公墓がある方正《ほうまさ》に寄った。終戦による混乱で置き去りにされ、亡くなった人たちのお墓があるのだ。このツアーの同行者の年老いた男性の一人は線香を手にしていた。林に囲まれた墓地は音もなく静まり返り、樹々が微かに揺れているだけであった。

このお墓は、戦後、中国人と結婚した残留孤児の松田ちゑさんが、放置されている日本人犠牲者の遺骨を収める墓地を中国政府に願い出て作られたものだ。

周恩来総理は「日本人も戦争の犠牲者」として、墓地を作ることを許可され、中国政府によって墓地が建設された。ここには方正周辺で亡くなった約四千五百柱の遺骨が埋葬されている。だが私が訪れた時は花もなく閑散とした寂しい墓地であった。

帰路の途中に木蘭県《もくらん》の開拓団跡を見て回ると、集落の外れに日本人開拓団

の子どもたちが通ったといわれる学校が残っていた。あれから七十年の月日を経て、屋根には草が生え、窓も壊れた廃墟状態で、胸が痛む建物であった。

ハルピンに戻り、旧日本軍が行った人体実験や細菌兵器開発の研究機関で有名な「731部隊遺跡」を見学した。資料室ではいまでも微かに薬品の匂いがするような錯覚に陥った。暴走する軍部や医療関係者の行った行為のおぞましさに、見学する者は黙して何も語らずだった。

終戦直前になると、731部隊の犯罪行為を隠蔽するために、主な建物は破壊され、膨大な機密資料が焼き払われた。建物の東側にはボイラー棟があり、壁と煙突だけが残っているが、青い空の下にある建物は揺れる亡霊のようだった。

翌年もハルピンを起点に浜洲線に乗る機会ができた。

出版社を定年退職した後はバードウオッチングに時間を割いている友人と三人で、チチハルに初夏に行ったのだが、みな中国語が聞き取れず、会話もできず、どこに行くにも苦労した。この時ほど電子辞書のありがたみを感じたことはない。伝えたいことを紙に書いて相手に見せて行動していた。

この時はハルピンの旅行会社が主催する野鳥観察に参加した。チチハル郊外にある湖は渡り鳥の聖地であった。

ハルピンからチチハルまでは快速列車で二時間半であったが、ハルピン駅での集合が朝の六時三十分というのには慌てた。駆けつけると十人程が鳥のように集まって固まっていた。

チチハル駅に到着すると鶴の絵が描かれたマイクロバスが待機しており、それに乗って出発した。ツアーの参加者はみな野鳥図鑑を手に、双眼鏡を首から下げていた。長靴を履いている人もいた。私はこの時のために高価なニコンの双眼鏡を購入した。ツアーのパンフレットには、約百六十種類の鳥が生息していると書かれていた。木道の湖畔沿いを歩いて、多くの野鳥や鶴を見たが、私には詳しく判別できなかった。

友人はカメラ二台と望遠レンズに三脚とやる気満々で、湖畔で珍しい鳥を見つけると、中国人と肩を叩き合い、楽しそうであった。

帰りのチチハル駅では出発まで時間があったので、野鳥グループと近くに散策に出た。

黒龍江省の名物に「紅腸《ホンチャン》」というロシアから伝わったソーセージ製法で作られた腸詰がある。中国で一番うまいコクのあるハルピンビールとの相性が

良い。豚肉とニンニクに胡椒をたっぷり入れ、デンプンを混ぜ、真っ赤になるまで燻製にする。これは匂いもそそる。ロシアパンに挟んで食べるのも美味しい。

ハルピンまで帰る列車の中で、同席した年配の中国人は、我々が日本人だと気がついたのか、

「昔はこのあたりには日本人の農家が多かった」

と車窓からの緑の畑を見ながら言った。

満洲国のあった時代、大連と新京を結ぶ「あじあ号」という特急列車が走っていた。流線型のパシナ形蒸気機関車の姿は、内地でも見られない、豪華でモダンな特急列車であった。

二〇一七年に二度目に大連に行った時、その「あじあ号」が見られると聞き、鉄道保管場所に行った。ところが瀋陽の鉄道博物館に移されたと知り、がっかりして帰ってきたのを思い出した。

日本に帰国したあと、「満蒙開拓団」に関する本を開き、開拓団の分布地図を見て驚いた。列車の中で同席した年配の中国人が言っていたように、たしかにチチハル周辺には、星のごとく無数の開拓団のマークが記されている

のだ。

こんな北の大地にまで来て、いったい何を目指そうとしていたのだろうか。満蒙開拓の本を読むと、ここでは思ったように作物は育たず、自給自足のような生活をしているのである。おそらく移民事業を行っていた拓務省が、開拓に適した土地だと嘘をついていたとしか思えないのである。

中国を真横に走る浜洲線より上の大地に開拓団が点在しているのも気になる。ソ連との関係が徐々に悪化するのを知りながら、関東軍と拓務省が結託して無垢な国民を国境近くに送り込んでいる。現地に向かった開拓民は、広い満洲では自分がどの土地に送り込まれたのかさえ分からなかったはずだ。

そんな地に、在郷軍人ではなく「満蒙開拓青少年義勇軍」という満十四、五歳の少年を送ったのも罪深い。彼らこそ完全に「人間の盾」として利用されたのだった。

日本軍と政府は、軍人ではなく、農民や少年たちならロシア人や中国人との摩擦が少なかろうと浅はかなことを考えていたのだろう。

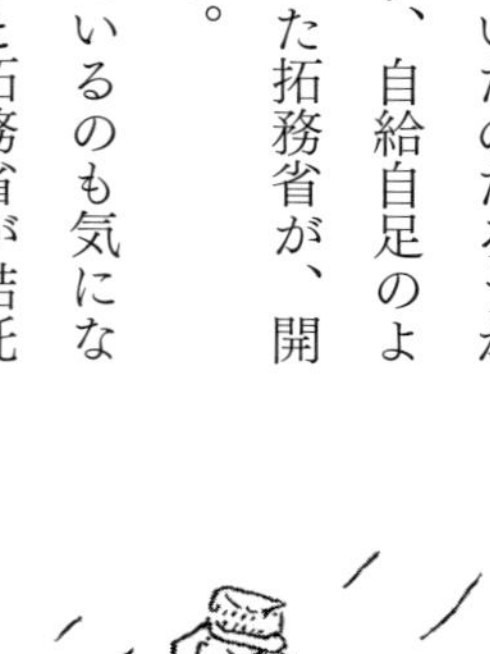

高原列車の旅

小《こ》海《うみ》線はＪＲ中央本線・小淵沢駅と小諸駅を結ぶ鉄道で、休日は観光客で賑わう。

小海線は海から遠く離れた山奥を走るのに、なぜか「海」のつく駅名が多い。

「佐久海ノ口」「海尻《うみじり》」「小海」「海瀬《かいぜ》」などである。海瀬駅には皮肉にも「日本一海から遠い駅」の看板がある。

平安時代に八ヶ岳、天狗岳付近で山津波が起こり、大規模な岩崩れで千曲川がせき止められていくつかの湖を形成した。巨大な天然ダム湖は後に決壊して大洪水が起きることになるが、鎌倉時代まで残った湖もあり、あたりは小海と呼ばれるようになったという。

駅名にも海の名を残すところに、信州人のロマンと粋な心を感じる。

小海線の野辺山駅は標高が約一三四六メートルと、ＪＲで最も高所にある

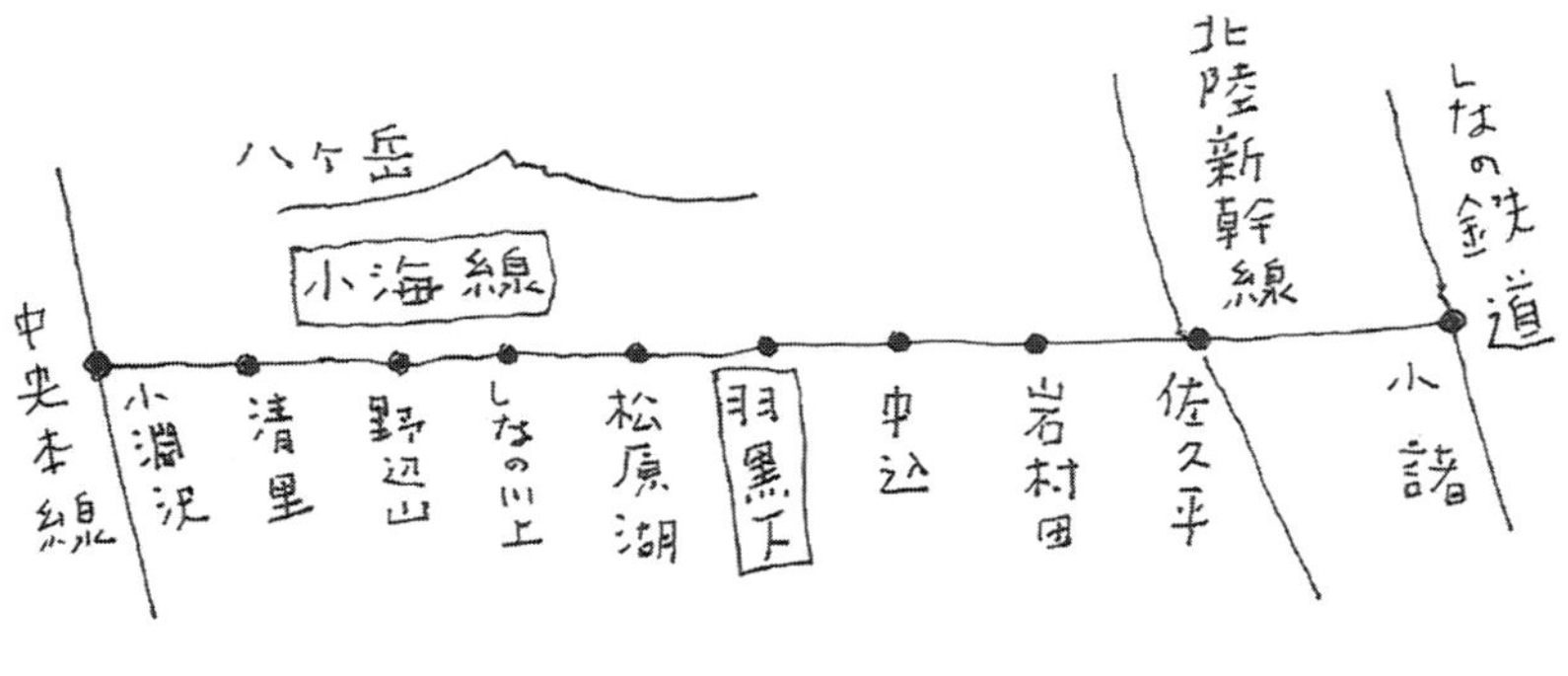

駅として有名である。八ヶ岳山麓の南側からぐるりと巻くように走るので、通称高原列車とも呼ばれ、夏など人気が高い。だが寒さの厳しい冬場はマイナス二十度を下回る日もあり、観光客は恐れをなして激減する。

十二月初旬になると主峰赤岳を中心に八ヶ岳の裾野の上まで雪で白く覆われる。

いつものように川上村からの帰りに、野辺山駅に寄る。車の外に出ると、山から吹き下ろすからっ風で体が震えあがった。駅前の商店はぴたりとシャッターを下ろし、春までまるで冬眠したように沈黙している。

おとぎの国の教会のような華やかな駅舎も、冬はまるで置いてきぼりをくった時代の遺物のように物悲しく映る。

駅前の銀河公園には本物の蒸気機関車が置かれ、若山牧水の歌碑がいくつもある。本人の手蹟が刻まれており味わい深い。私は碑の前に立つと、しおらしく歌を読みながら、手で牧水の字をなぞった。

枯れて立つ　野辺のすすきに　結べるは
氷にまがふ　あららけき霜

大正十二年の晩秋、若山牧水は小淵沢駅より徒歩で野辺山、松原湖と泊まり歩き、千曲川源流川上村に着いた。そこから十文字峠を越えて秩父まで抜けている。

小海線が小諸から小淵沢の間に全通したのは昭和十年の十一月であるから、牧水は徒歩で旅するしかなかった。

いつも家族で押しかける川上村の公共宿泊所の玄関前にも牧水の碑があり、

見よ下にはるかに見えて　流れたる
千曲の川ぞ　音も聞えぬ

と文字が浮かび上がっている。

牧水といえば旅と酒が語られるが、その紀行文を読むと、登山家や冒険家の上を行くタフな健脚に驚かされる。『木枯紀行』はまるで若者よ荒野をめざせ、と檄を飛ばす文にも思える。

もう一人の風来坊、種田山頭火も昭和十一年の初夏に小海線の前身佐久鉄道で信州に入り、やはり徒歩で甲信国境川上村あたりを訪れている。

「行き暮れてなんとここらの水のうまさは」「あるけばかつこういそげばかつこう」と句を詠み、千曲川源流で喉を潤し、ひろがる自然の中をさまよいながら、ちっぽけな自分を笑っている。

私が川上村の公共の宿泊所をまるで別荘代わりに使用するようになったのは、この十年ほどである。その前までは金峰山のふもとの廻り目平キャンプ場にテントで泊まっていた。

川上村は野辺山と同じく白菜やキャベツ、高原野菜の主役レタスで成功した村である。

小諸の学校の教師をしていた島崎藤村は『千曲川のスケッチ』の中で、「信州の中でも最も不便な、白米は唯病人に頂かせるほどの、貧しい、荒れた山奥の一つ」とその隔絶山村を描いたが、今やレタスの生産量は日本一となり、レタス御殿が建つほど農産物で伸びた村となった。

銀河公園よりほんの少し上がり、国道141号線、佐久甲州街道に出ると、さらに八ヶ岳連峰がくっきりと見えてくる。

山登りをおぼえた十代の頃から、八ヶ岳の峰々は、冬を含めてすべて登ってきた。小淵沢駅の構内で寝袋にくるまって朝一番の小海線を待っていた時

代から小海線の駅にはずっとお世話になってきた。甲斐大泉、清里、野辺山、松原湖、小海、新婚旅行に行った八千穂。八ヶ岳は左側から編笠山、権現岳、真教寺尾根、眼の前に県界尾根、杣添《そまぞえ》尾根、横岳、硫黄岳、そして北八ヶ岳が続く。思い出が潮干狩りの貝を次々と拾うように際限なく掘り出せる。

この数年は佐久地方をぶらつくことが多くなった。羽黒下、臼田、中込、佐久平と小海線の歴史をさかのぼるがごとく小諸方面に引き寄せられていく。ひと昔前の佐久は鯉の養殖が盛んな土地と言われていたが、それだけでなく展示された絵画の質も高い美術館も多く、興味が尽きることはない。

このところ頻繁に通っているのは羽黒下駅である。南側に位置する羽黒山からその駅名がつけられた。

東にそびえる大きな山は茂来山《もらいさん》（一七一八メートル）で、金字塔のごとく三角形のゆったりした裾野をひろげている。周囲の山が低いので、いっそう存在感を増し、佐久平からはっきりと見える。

地元の人に訊ねると、千曲川の向こうの峰から一つもらい八ヶ岳としたため、「貰井《もらい》山《さん》」と呼ばれるようになったのだという。また八ヶ岳の硫黄岳が噴火した際に大岩が飛んできて、それをもらったとも言われる。

最近は登ると嫁、婿がもらえるとの語呂合わせで、縁結びの山として宣伝されている。

小淵沢駅から羽黒下駅は十四の駅を通過して約一時間半である。

大正四年に建てられた羽黒下駅はほんのりと木の香りがする。ふんだんに木材を使った駅舎には落ちつきがある。駅前の広いロータリーを渡ると羽黒下簡易郵便局が見える。白い壁と木造の組み合わせが辺りの風景と重なり、現在見てもモダンな建物に惚れ惚れする。

私がこの羽黒下駅にこだわるのは、ここから昭和の初期に数多くの村人が満洲移民、満蒙開拓団として旅立っていったからだ。その村は大日向村である。人口の約三割の村人が家も農地も処分して遠い満洲に渡った。そして、当時の政府によって模範的な「モデル村」として全国的に喧伝された。

羽黒下から旅立った大日向村の開拓団は、村をあげての「分村移民」であった。そして大日向村の写真というと象徴的な一枚が必ず使用される。

それは一九三八（昭和十三）年七月八日、満洲移民出発の日の朝に、抜井川沿いを日章旗を高々と掲げて行進する約百二十名の移民団の写真だ。同年同月に発売された「アサヒグラフ」に掲載された。タイトルは「村を挙げて新大陸へ」である。

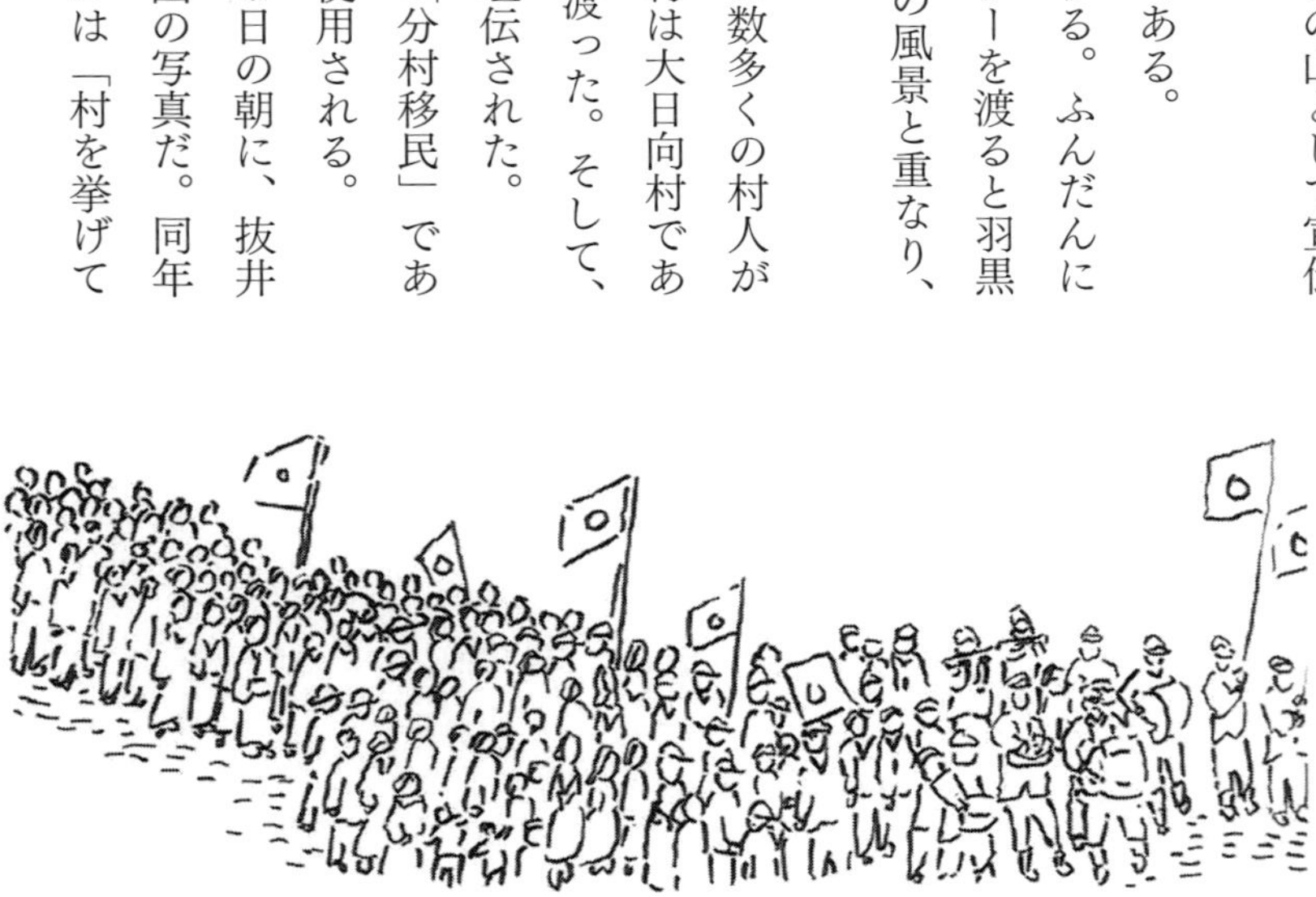

大太鼓、小太鼓、横笛の少年音楽隊を先頭に、村中の声援を受けて人々は進む。男性はカーキ色の制服にゲートルを巻き、婦人たちはモンペ姿に地下足袋で移民への決意を見せている。

その時歌われていたのは、「満洲大日向村建設の歌」だ。

暁天はるか輝けば
希望は燃えて緑なす
見よ大陸の新原野
拓く我等に光あり
おゝ満洲大日向村

さらに「愛国行進曲」も抜井川の川音も消すほどに高揚して歌われただろう。

見よ東海の空あけて
旭日《きよくじつ》高く輝けば
天地の正気溌溂と

希望は躍る大八洲《おおやしま》

この強く印象に残る写真の場所に一度行ってみることにした。羽黒下駅から武州街道（現国道２９９号線、本郷バイパス）を五キロほど十石峠《じっこく》に向かっていくと、大影城橋が見えてくる。次の前田橋の手前を左に抜井川に沿って歩くと、旧道とぶつかる。そこから写真の風景が今もそのまま浮かび上がる。

本郷橋の火の見櫓も昔通りの場所にあった。隣に大日向四区公民館が建ち、櫓の形を変えつつも八十四年の時をこえて残っている。立ち止まると、胸に迫るものがある。

道中の家々は門前に日章旗を掲げ、あるいは小さな旗を振り、別れの挨拶を交わしている。「行って来やす」「お頼み申しやす」「元気で行くずら」古い写真のコピーを手にその場に立っていると、満洲に渡った人たちの言葉や見送る人々の歓声が聞こえてくるようだ。

そして茂来山が村を去る人びとを見守るように微笑んでいる。

満洲に渡った開拓団は青少年義勇軍を含め約二十七万人と言われ、中でも長野県からは約三万三千人と格段に多い。

長野は北アルプスの穂高連峰や槍ヶ岳、白馬岳と魅力的な山々が連なっている。私はこれまで山の頂上に登ることしか頭になかった。麓の里については温泉のことぐらいしか気にとめていなかった。

満洲に渡り、二度と戻ることのできなかった大日向村の人々。「満洲移民」を知ってから信州へのこだわり方に変化が生じた。七十歳を過ぎてから、山の頂をめざすより、裾野を歩くようになってきた。

自分が満洲移民のことやその歴史に何も関心をもってこなかったことにあきれ、無知は罪でもあると反省する。物見遊山に小海線沿線をふらついてきた無邪気な頃にはもう戻れないのだった。私の祖母がブラジルに渡ってから連絡が途絶えたこととも重なる。

景星県《ジンシンシエン》の小さな村

中国東北地方を列車やバスで旅すると、夏など車窓から見える一面の緑の畑に釘付けになる。大豆、大麦、トウモロコシ、コーリャンが遠くに霞むまで続いているのを見ると、地平線に落ちる「赤い満洲の夕日」に納得する。

李明星さんに「親戚が農業をやっているので東北地方を一度見においで」と誘われた。二〇一九年の夏に北京からハイラルに飛行機で行った。これまでこのコースを何度も飛んだが、李さんの言う「近いからね」に感化されて、中国の距離感に次第に麻痺するのか慣れてきた。北京からハイラルまでは近いと言うが東京から稚内の距離である。

ともかく七月の半ばにハイラルから浜洲線チチハルに近い富拉爾基《フドーラールチー》駅に向かった。駅からは李さんの車で景星県《ジンシンシエン》という小さな町に向かった。

自作の絵本が北京で翻訳されたこともあり、その頃は北京を起点に年四、

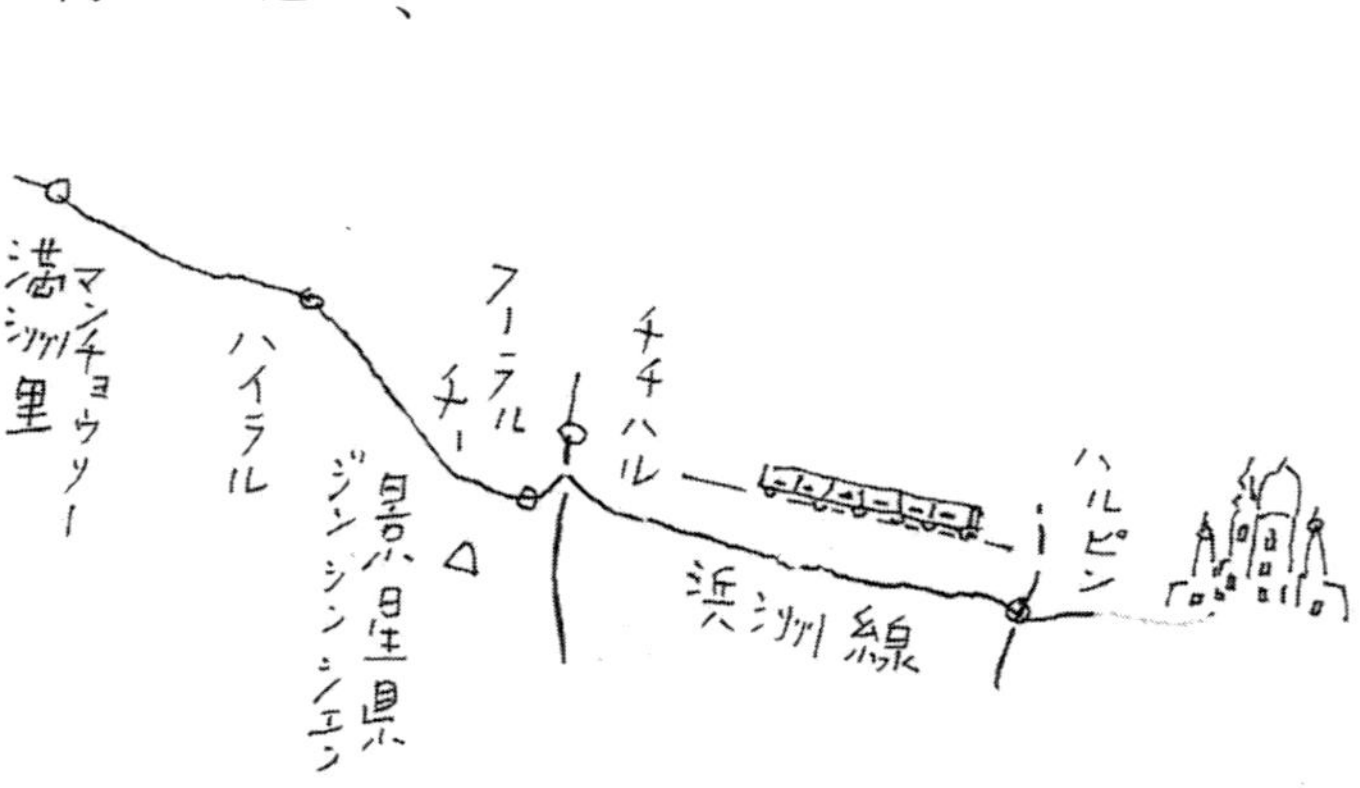

五回は中国に行っていた。北京で人に会う時には必ずその翻訳された絵本を持っていった。本の威力は絶大で、友好関係をあっというまに築くことができた。子どもに老人にとたいそう喜ばれた。

浜洲線は中国最北端を横断する列車として、中国鉄道の旅をする者の憧れの路線である。ハルピンからチチハル、内モンゴルのハイラル、満洲里まで約九三五キロの往復の路線に人気が集中する。

ロシアが建設した頃は東清鉄道と言われ、ウラジオストックとチタを結ぶ鉄道であった。その後何度か名前を変えていった。満洲国になるとさらにスパイが暗躍して往来していた。ロシアのチタを越えて、ヨーロッパを結ぶ最短の列車であった。

私が夏にハイラルから乗った列車は、ハルピン、瀋陽を越えて、北朝鮮との国境近くの丹東まで何十時間も走り寝台車も兼ねている。

中国の列車の切符には名前が印字されており、駅のホームに入るときには身分証明書か外国人ならパスポートがいる。列車に乗る時にもう一度チェックがある。日本のように発車寸前の飛び乗りはできない。そして列車は何十両と貨車を引っ張っているので、荷物が多いと長いホームを歩く度に汗だくになる。

ハイラルとはモンゴル語で野生のニラを指す。夏になると川の脇には白い花を咲かせた大きなニラが伸びているのを見たことがある。

列車の旅は一人の方が物思いに耽ることができる。李さんはひと足さきに親戚の家に車で行っていた。

森や山や川を渡り、遠くにぽつんと人家を見るだけで旅情を誘われる。一面に緑を敷いたフルンボイルの高原は日本の本州と同じ広さという。その実感がまるでない。

白樺の林が固まって通りすぎていく。トウモロコシ畑が続き、日本列島がすっぽり入る一二〇〇キロにおよぶ大興安嶺《だいこうあんれい》山脈の真下を通る約三キロのトンネルに思わず眠たくなってくる。

前の座席に背筋を伸ばしている品の良い夫婦は「いかがですか?」と薄い白い煎餅のようなものを箱から取り出した。

口にするとチーズの味がした。ヤギのチーズだと旦那さんはうなずく。二人ともわりとしゃれた皮のカバンを持っていた。満洲里からハルピンにいる孫に会いに行くとにこやかに言う。ロシア風の民族衣装のようなベストを着ている奥さんが、こちらが日本人と気がついたのか、

「この路線は日本人が作ったのですよね」

と微笑んで言った。

「いいえ、違います。ロシア人が作りました」

と返事をすると、

「でも多くの町の建物は日本人が作りました」

と好意的に旦那さんは言う。

複雑な会話は長くできないので、しばらく暮れかかっていく風景を黙って眺めていた。遠くに野火が赤く揺れている。

夕暮れの駅前に到着すると李さんがポケットに両手を入れて笑って立っていた。このころは度々会っていたので「時間通りの列車だったね」と言うだけで特別な挨拶はない。

美味しい火鍋の店に行こうということになり、李さんの車に乗った。数分走ったところで、店の奥に水槽が並んだ食堂に入っていった。

唐辛子と剣先生姜を山のように盛ったナマズの鍋がコンロの上にのせられ登場した。日本人にはなじみのないナマズだが、中国ではよく食されている。臭みが全くなく、ほっくりした味で食が進む。李さんが車の運転をしているのでビールは遠慮してお茶で乾杯をする。

彼は唐突に、

「親戚のいる景星県に昔は日本の琉球から来た開拓団がいたんだ」

と言った。琉球は中国語で「リュウチュ」と発音する。

「その日本人がいた場所に行きたい」

と言うと、李さんは頷いてナマズの身をマントウにはさみ食べていた。

街灯もない真っ暗な道を一時間ばかり走り、レンガ造りの二階屋が並ぶ建物で車は停車した。犬が盛んに遠くで吠えている。

時計を見ると夜の十時を回っていた。北緯が高いところでは夏は白夜になり、やっとあたりは暗くなる。レンガ建ての玄関のドアが開き、年を取った婦人と李さんは小さな声で話している。私が日本人とわかるとなんと婦人は舌打ちをした。

ぶっきらぼうな口調で通された階段横の小さな部屋に入ると、魔法瓶と赤い布団が一組敷いてあった。ここが今夜の客人の部屋である。トイレの位置を確認して、その夜はひっそりと眠る。

早朝に家の周りを散歩すると、あたり一面どこまで行ってもトウモロコシ畑で驚く。徹底的にトウモロコシでこの土地は勝負をするのだと決意を露わにしているようだった。

家の者に挨拶して絵本を渡すと「ああ」と言ったきり返事はなく、なにか気まずい雰囲気が漂った。朝食は李さんと近くの食堂に車で向かった。婦人の機嫌が悪い理由がよくわからないので李さんに訊ねると曖昧な返事しか返ってこなかった。

日本人を家に泊めると近所に噂が広がるということで、今夜は駅前のホテルに泊まってくれと言われ、李さんが電話で予約を取ってくれた。

この辺りのトウモロコシ畑では日本ではすでに見られない古びたオート三輪が大活躍をしているのだった。日本では軽トラ一色であるが、中国はさらに小回りが効き、簡単な構造のオート三輪車の方が便利なのだ。さらに感心したのは、車のエンジンを使って井戸の水を吸い上げる、ポンプの役割もしているのだ。

日本よりはるかに広い畑なのに、小回り優先という合理的な三輪車を使うところが中国人らしいと思った。

午後になると李さんと一緒に葦が生い茂った川の道を歩いていった。

「この川で開拓団の日本人が逃げるときに亡くなったんだ」

と李さんは指差した。川底が見える浅い川だが、おそらく八十年前はもっと水の流れも速く、深かったのだろう。もしかしたら李さんの親戚のあの婦

人の両親は、開拓団の日本人にいじめられたのかもしれない。だが李さんは私に何も言わなかった。もし説明されたとしてもこまかい事柄を理解する言語能力を私は持ち合わせていなかった。

このあたりは高級牛の名産地にもなり、景気が良かった。牛肉の生産が多くなると、餌になる小麦や大豆、トウモロコシが必要になってくる。肥沃な土地を求めて人も牛も動き回る。商売人は大急ぎで森を切り開き、大豆やトウモロコシを植えていく。これらはすべて牛やブタ、ニワトリ、魚のエサとなる。

中国でも欧米の食文化に感化されてか、ステーキやハンバーガーの供給が追いつかなくなってきた。どこの国も豊かになると、美味しいステーキや魚を食べたくなってくるものだ。フライドポテトの原料不足にも拍車がかかった。

景星県は短い二日間の滞在だったため、地元の人との懇談もなく、畑で活躍するオート三輪以外何も印象には残らなかった。中国のどこにでもある、小さな村や町だったと思い帰国した。

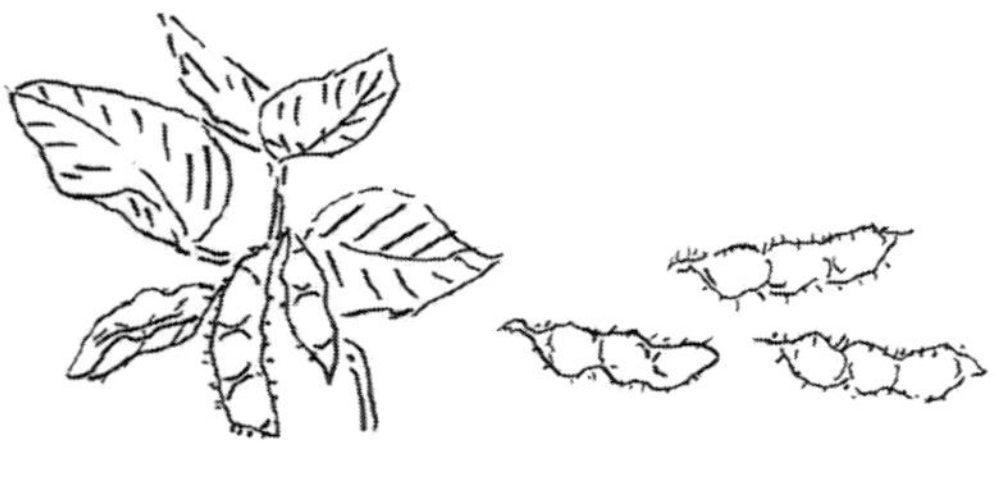

あとがき

小学六年の冬頃だったか、当時高校生だった兄が、東中野の米軍放出の店から緑色の缶詰を買ってきて「これ食べたことあるか」と目の前に突き出した。

兄は分からない英語の単語があると、すぐさま辞書を引く癖があった。「この缶詰の中身はミックスナッツというものなんだ。ビタミンEがたくさん詰まっているのだ」近くに辞書が転がっていた。

缶の中にはピーナッツに似た豆がぎっしり詰まっていた。缶は缶切りで開けるのではなく、少し力を入れて回すと開くのであった。薄い銀紙の膜があり、そこを破くとナッツが飛び出してくる。

新聞紙の上で開くと、豆を煎った匂いがした。アーモンド、クルミ、カシューナッツ類であった。初めて口にすると、小粒なのにえらく元気が出てきそうな、栄養たっぷりなエネルギーの粒に思えた。

「美味いだろう」兄は何回か口にしていたのか、得意そうにニヤニヤした笑いを浮かべていた。

「米軍の非常食で、戦場ではこいつが役に立ったのだ」「だからあえて缶切りを使わなくても、手で回して開けられる缶にしたのだ」

私は、日本軍が南の島で何も食べるものがなく、草を齧り餓死するかのごとく戦い、虚しく亡くなっていったのを、漫画で読んだことを思い出していた。

初めて海外に出かけたのは、出版仲間とのサイパン島であった。町外れの店に、米軍の迷彩服や、ヘルメットと並んで、驚いたことにあの緑色の缶詰を見つけた。早速手にしてホテルに戻り、仲間とナッツ類をビールのツマミにしていた。小学生の時に食べた懐かしい味と同じだった。

兄が買ってきた時からおそらく三十年以上は経っているはずなのに、全く変わらない缶詰の色と、ナッツ類を作り続けるアメリカの根性というのか、しぶとさに頭が下がる。「良いものは作り続ける」その国の基本、戦争に対する力の入れ方に感嘆するしかない。

十代の頃はどこに行くにも兄と一緒に出掛けていた。高田馬場の映画館、新宿から都電に乗って勝鬨橋の橋桁が上がるのを、わざわざ見に行ったり、市ヶ谷のお濠端での鮒釣り、晴海の国際自動車ショー、羽田空港見学、東雲

の海岸でのハゼ釣りと、兄の影を追うように歩いていった。兄の友達に「また付いて来たのかよ」とうるさがられても「弟は可愛いからな」と兄は笑っていた。キャンプや山歩き、スキーにもついて行った。

兄が大学院生になり、やがて結婚すると、さすがに兄と遊ぶことは無くなった。

私も結婚し、子供が小学生になると、兄が懇意にしていた白馬の民宿に、今度はお互いの家族が合流して、スキーを満喫した。

兄のスキー技術は卓越していた。スキーの指導員のように、両足をそろえて綺麗なターンを描くのであった。こちらは山登りの一環としてのスキーで「転ばなければいい」と適当に滑っていた。

兄は一つのことに打ち込むところがあり、スキーにしても、六月の終わりの頃まで雪が残っている、天文観測所がある乗鞍岳に毎年のように通っていた。

兄は大学院生の時から本格的に、マルクス経済学を勉強していた。いずれドイツに行ってさらに学問の道に進むのだと、ドイツ語の語学教室にも几帳面に通っていた。

私は学者の道のことは何も知らなかったが、やがて助手から助教授と上って行き、五十歳が過ぎたあたりで、西ドイツのミュンヘンの大学に二年間の留学をした。滞在費は勤めていた私立大学の全面的な援助であった。

兄がドイツにいる間、日本に残された家族も何度か訪れていた。時々私のところにも絵ハガキが届き「ビールも食べ物も最高、近くに素晴らしいスキー場もあるので、遊びに来なさい」とあったが、こちらもフリーの物書きになって、てんてこ舞いで取材で内外を駆けずりまわっていて、結局ドイツで兄に会うことはなかった。

帰国した兄は、ドイツで学んだことで自信を持った。海外に長く行った者の口調が「上から目線で世の中を語る」という定評があるが、兄も全く同じで、何かというと「ドイツでは」が始まりうっとうしく感じ避けるようになった。

助教授から本格的に学問の研究に入るために、さらに膨大に増え続けた書籍のために、自宅がある駅のすぐ近くにワンルームマンションを借りた。

だが兄の予想に反して、兄の論文は教授会には通過しなかった。ある時、兄の大学の教え子から「これはお兄さんのレジメです」と偶然に見せられたことがある。

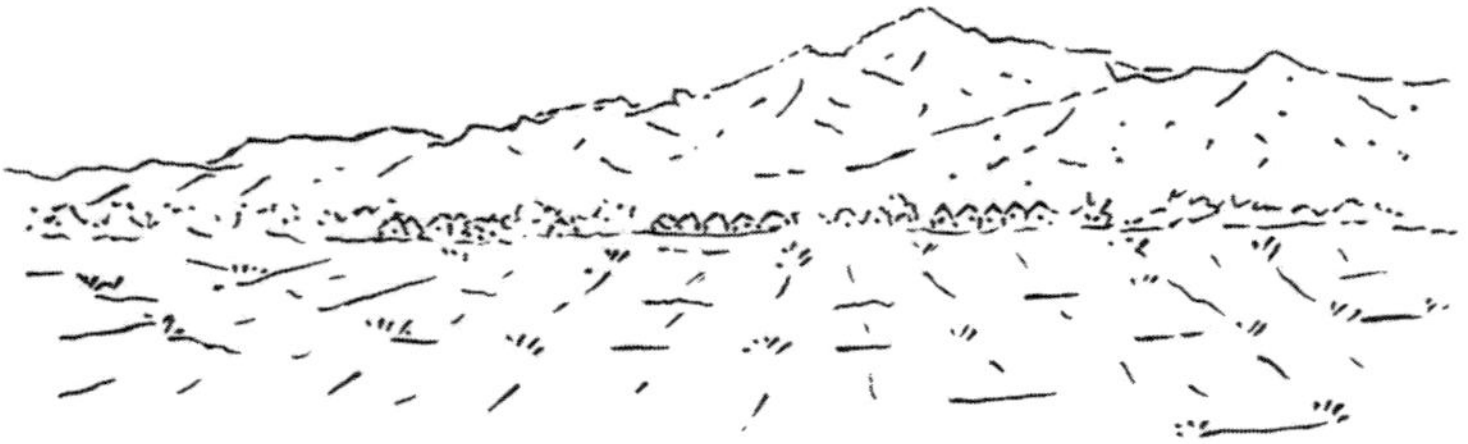

見慣れない経済学の文章なので、一度目を通しただけでは理解できなかった。苦戦して、「教えて」と助けを求めると、相手も戸惑い「分かりづらいですよね」と苦笑していた。

兄の文はレトリックというのか、難解な言い回しが多く、主語と述語が離れており、典型的な分かりづらい学者の文に思えた。

もしかしたら兄の酒の飲み方は、このあたりから変化して行ったのかもしれない。兄はもともと酒に弱かった。瓶ビールの半分も飲まないうちに手を横に振っていたくらいだ。

それがドイツで強い酒の味を覚えたのか、いつの間にか酒豪になり、兄が懇意にしている駅前の寿司屋でご馳走になった時、日本酒をぐいぐい飲み、追加を何本も頼むのに驚いてしまった。さらに店の主人と延々と「日本の貧困さ」について話すのにはうんざりしてしまった。何となく兄のどこかが崩れてきた感じを受けた。

「オヤッ」と強く思ったのは、毎年の両親の墓参りの時である。家族が集まると、兄だけ顔色が悪く、昔の精彩はまるでなく、足取りもふらついていた会うたびに身分不相応な高級車に乗ってくるのも気になっていた。

帰りの食事会の時だった。全員が車で来ていたので、酒は常識的に頼まな

いものだが、兄はなんの躊躇もなく小瓶のビールを手にしていた。兄の嫁さんが来ていなかったので注意する人も横にいなかった。

妹が「車でしょう」と兄を軽蔑するような口調で言うと「平気だよ、昼間はすぐに抜けるから」と訳の分からないことを言った。私は大学の教師でありながら、モラルに欠けた兄に唖然としてしまった。仮に事故でも起こせば職を失うことは確かである。

酒が続くと失敗も多くなる。兄は自宅でいつものように酒を飲み、洗面所で転倒して、首の頸髄を痛めてしまった。可愛がっていた娘の嫁ぎ先の郡山の奥に、骨折や病に効く温泉宿があるというので、大学はしばらく休み、仕事の本とパソコンを車に積んで治療に専念したが、元に戻ることなく、元気に歩けるようにはならなかった。

後年、兄の奥さんから聞かされた話は更に深刻だった。マンションの部屋の掃除に行くと、コンビニ弁当の食べカスと、酒類の瓶が転がり、明らかに昼間から酒を飲んでいた気配が濃厚だったという。

兄の弱った体が心配になり、「一度きちんと診断してもらったら」と電話してから半年を待たず、食道がんの疑いが濃厚となった。それまでしきりに「喉が痛い」とうがい薬を使っていたが、一向に具合が良くならず、兄も

「もしかしたら」と不安に怯え、ついに病院に行ったのだ。おそらくその頃の数年というもの、アルコール依存症であったはずだ。奥さんが何度もお酒のことを注意しても「オレは平気」と全く耳を貸さず、最後は決まって修羅場になったという。

入院中の兄を見舞いに行くと、ベッドに横たわっている兄の顔が、亡くなった父にそっくりになっていて驚愕した。何だか確実に死に近づいている気配を感じた。

そして半年の治療も虚しく、十二月の寒い朝に亡くなってしまった。お葬式の時に祭壇に飾られた、山をバックに笑っている兄の写真を見た途端思わず号泣した。屈託なく眩しそうにして笑っている本来の兄の姿だった。通夜の日は涙が涸れるほど泣き崩れた。

斎場の帰りの坂道を妻と歩きながら「惜しいな、惜しいな」と何度も繰り返していた。

兄が鬼籍に入ったのは、私が五十八歳の時で、とっくに昭和は終わり、二〇〇三（平成十五）年になっていた。だが今更ながら「昭和は終わった。兄と一緒の昭和は終わった」という言葉が何度も頭の中でぐるぐる回っていた。

私は長い間山歩きをしてきたが、一番好きな山は八ヶ岳の峰々だ。とりわ

け野辺山高原から見た裾野を伸ばした山の姿に見惚れる。

ある時耳にした「千の風になって」というテノール歌手、秋川雅史が歌う曲が、歳と共に身に沁みて聞こえるようになった。

この曲を初めて聴いた時は不思議な気持ちに陥った。すでに亡くなった人が、まだ存命している人に「私のお墓の前で泣かないでください」といい、「そこに私はいません」「千の風になってあの大きな空を吹きわたっています」と歌う。身内の死はいつまでも身に応えるものだ。ふとした時に思い出し涙が出る。でもこの曲を聴いてからはいくらか楽な気持ちになってきた。

晴れ渡った八ヶ岳高原を歩く時、「風」を感じる。風は目に見えず、手で触ることができない。だが「千の風になって」を耳にしてから、風が見えるようになった。

親しい友たちが高原を千の風になって流れていくのをはっきりと認識できるようになった。透明な薄いセロハンのような風が山から次々に流れてくるのだ。

「あっ今の風は兄が笑っているな」「ああ、あの風は穂高で亡くなった彼だ」「あのふんわりした微笑む風は、若くして亡くなった彼女だ」

唄はさらに「秋には光になって畑にふりそそぐ」「冬はダイヤのようにき

「千の風になって」作詞：不詳　日本語詞・作曲：新井満

らめく雪になる」と歌う。

　小さな声で口ずさむと本当に亡くなった人に会える。あの頃の兄の元気な声が聞こえる。涙は少し出るが自分が生きている実感も感じる。

　昭和の時代から、高原には千の風が爽やかに流れていたのだ。

＊＊＊

　文藝春秋との関わりは長い。一九八〇年代からお世話になってきた。初めての仕事は「オール讀物」連載の椎名誠のエッセイの挿絵であった。挿絵というより小さなカットだった。だが締切が過ぎても絵柄が何も思いつかず苦労の連続だった。

　やがて文章の依頼も受けるようになり、これも締切前は徹夜状態で原稿用紙に向かい、やっとのことで『花の雲』という地元の多摩を舞台にした小説

を書きあげた。

月日が流れ、「週刊文春」で再び椎名誠「新宿赤マント」の挿絵の仕事が二十三年間続いた。その時の担当者が、元気いっぱいの伊藤淳子さんであった。大雪の日にバスが走らず自宅まで来てもらえなかったため、こちらが長靴を穿いて雪のバス道路を歩き、駅でイラストを手渡したのを懐かしく思い出す。

二〇二一年の夏、久しぶりに伊藤さんと笑顔で「ご無沙汰しています」と再会した。「週刊文春」の長期人気連載「家の履歴書」の取材で自宅に来ていただいたのだ。

その時に「この十年は旧満洲（中国東北部）に凝っている」という話をして、長野県下伊那郡にある「満蒙開拓平和記念館」で制作された、旧満洲国の地図を開いて見せた。伊藤さんは目を丸くして「こんなに広範囲に日本人が満洲開拓に行ったのですか」と驚いていた。

しばらくして「ぜひ満洲のことを書いてください」と原稿依頼の電話があった。だが、中国東北部、たとえばハルピンやハイラルに何度か旅行をしてきたが、通り一辺の物見遊山のツアー旅行ばかりで、原稿に書けるような取材は何もしてこなかった。

時間だけが過ぎていき、伊藤さんは「では昭和の戦後の話はどうですか？」と提案してきた。

この『ジジイの昭和絵日記』は兄の戦後の昭和史かもしれない。

過ぎてきた時代を振り返ると、精一杯張り切り仕事をし、目一杯遊んできた時が一番幸せだったと感じる。私にとって昭和はまさにそんな時代であった。

あれから四年が過ぎ、伊藤さんから桒名《くわな》ひとみさんに担当が替わり、やっと本の体裁に近づいてきた。いつも冷静な桒名さんはフランスはルーアンで見つけた銀色のスニーカーを履き、「カニ」のカット絵をたいそう気に入って笑っていた。

長野県南佐久郡佐久穂町の茂来山《もらいさん》の麓にある「佐久穂町図書館」に勤務していた大工原千恵さんには、旧満洲に渡った大日向村の資料を、惜しみなく見せていただき、感謝しかありません。何度も佐久穂町と往復しているうち、小海線沿線の町や村に魅せられ、なんと信濃川上に山小屋を購入した。これもなにかの縁というものだろう。

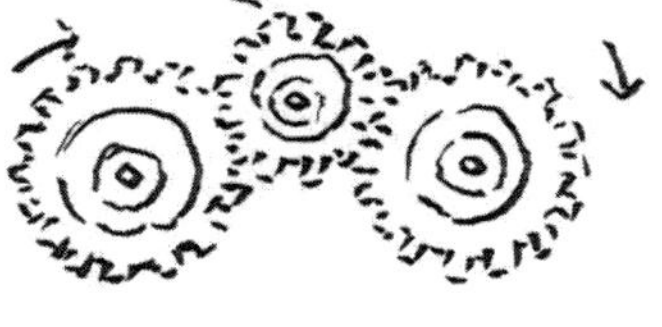

さらに飯田市に近い阿智村駒場の「満蒙開拓平和記念館」の三沢亜紀さんからも、膨大な本をお借りして助けられました。期待に応えられるような本にならず恐縮しています。

コブシの咲く頃にまた昼神温泉を訪ねます。

二〇二五年　春

沢野ひとし

沢野ひとし（さわの・ひとし）

一九四四年愛知県生まれ。イラストレーター・エッセイスト。児童書出版社勤務を経て独立。書評誌「本の雑誌」の表紙・本文イラストを創刊時の七六年より担当。九一年、第二十二回講談社出版文化賞さしえ賞受賞。山岳をテーマにしたエッセイも執筆。著書に『ジジイの台所』『ジジイの片づけ』『人生のことはすべて山に学んだ』など多数。

ジジイの昭《しょう》和《わ》絵《え》日記《にっき》

二〇二五年四月三〇日　第一刷発行

著　者　沢野《さわの》ひとし
発行者　大松芳男
発行所　株式会社　文藝春秋
〒一〇二‐八〇〇八
東京都千代田区紀尾井町三番二十三号
電話　〇三‐三二六五‐一二一一
印刷所　理想社
製本所　加藤製本
ＤＴＰ制作　エヴリ・シンク

ISBN978-4-16-391973-7
Printed in Japan